ALFAGUARA

PAPEL RECICLADO
100%

Los niños más encantadores del mundo
Gina Ruck-Pauquèt

Traducción de Lola Romero
Ilustraciones de Lilo Fromm

INFANTIL

ALFAGUARA

Título original: *DIE BEZAUBERNSTEIN KINDER DER WELT*
© Del texto: 1969, OTTO MAIER VERLAG RAVENSBURG
© De la traducción: 1978, LOLA ROMERO
© 1978, Ediciones Alfaguara, S. A.
© 1987, Altea, Taurus, Alfaguara, S. A.
© De esta edición:
   1993, Grupo Santillana de Ediciones, S. A.
   Torrelaguna 60. 28043 Madrid
   Teléfono 91 744 90 60

•Aguilar, Altea, Taurus, Alfaguara, S. A. de Ediciones
Beazley, 3860. 1437 Buenos Aires

•Aguilar, Altea, Taurus, Alfaguara, S. A. de C.V.
Avda. Universidad, 767. Col. Del Valle,
México D.F. C.P. 03100

•Distribuidora y Editora Aguilar, Altea, Taurus, Alfaguara, S. A.
Calle 80, nº 10-23. Santafé de Bogotá-Colombia

ISBN: 84-204-4772-2
Depósito legal: M-24.310-1998
Printed in Spain - Impreso en España por
Rógar, S. A. Navalcarnero (Madrid)

Primera edición: marzo 1978
Segunda edición: septiembre 1993
Undécima reimpresión: julio 1998

Una editorial del grupo **Santillana** que edita en
España • Argentina • Colombia • Chile • México
EE. UU. • Perú • Portugal • Puerto Rico • Venezuela

Diseño de la colección:
JOSÉ CRESPO, ROSA MARÍN, JESÚS SANZ

Editora:
MARTA HIGUERAS DÍEZ

Impreso sobre papel reciclado
de Papelera Echezarreta, S.A.

Los niños
más encantadores
del mundo

Cien mil dólares de oro

Algo extraordinario ha debido suceder en el barrio de Mañana Alegre. Las bonitas y multicolores casas están vacías, y si no fuera por las muchas huellas que hay en la nieve, se podría pensar que los vecinos de Mañana Alegre se hubieran trasladado. Quién sabe, quizá a Canadá o a China.

Pero no es así. No hay más que seguir las pisadas y entonces también se encuentra a la gente. Exactamente enfrente de la última casa están todos reunidos, y hasta el gato del viejo señor Zwirbel está con ellos. Con su piel dorada parece una enorme hoja tardía de otoño.

—¡Es un hecho sensacional!
—cuchichea la señora Biederbock, tapándose la boca con la mano al tiempo
que echa una rápida ojeada hacia la casa
de enfrente—. ¡Un joven como Sebastián el deshollinador! ¡Sí, es algo extraordinario! Pero absolutamente cierto
—añade—. Lo sé de buena tinta.

Tiene razones para saberlo, pues
su marido, el señor Biederbock, es el
alcalde de barrio de Mañana Alegre.
Además siempre sabe todo antes que
los demás. Colecciona noticias de la
misma manera que otras personas coleccionan sellos.

—¡Atchís! —dice el señor Zwirbel, y su blanca perilla tiembla.

El señor Zwirbel ha leído hace
poco un libro sobre el Polo Norte, y
desde entonces, como es un anciano
muy sensible, sufre un resfriado.

—Ahora se ve una vez más cómo
al final todo marcha bien en el mundo.
Sebastián el deshollinador es el joven
más honrado de todo el barrio.

—Es que es el único —puntualiza la mujer del profesor—. ¿O es que
tenemos otros jóvenes aquí?

—¡Hablan de cien mil dólares de oro! —se apasiona la señora Biederbock—. ¡Una cantidad tan grande no conseguimos verla nosotros ni en sueños!

Los demás entonan un murmullo aprobatorio, y aún cuando es invierno y la nieve cae lentamente sobre sus cabezas, cubriéndolas de sombreros blancos, no se separan. Se frotan las heladas narices con las manoplas, hasta calentárselas y por todas partes hablan del asunto.

Sólo el gato se aburre pronto. Los dólares de oro le dejan completamente frío. Se da la vuelta y camina torpemente sobre la espesa capa de nieve, hacia casa.

—Pero ¿qué hará con todo ese dinero? —medita el hotelero. Es un hombre grande y gordo y cuando medita tiene la costumbre de pasarse el dedo índice entre el cuello de la camisa y su garganta para rascarse.

—¡Se casará conmigo! —exclama la muy elegante señorita Kittekitt, que vive en el hotel y se pasa la mitad del día contemplándose en el espejo—. ¡Al fin y al cabo somos como novios!

Y mentalmente se imagina lo estupenda que será la vida cuando por fin consiga ser una mujer muy rica. Todos los días se levantará a las diez y los domingos se estará en la cama hasta las doce y cuarto.

—De cualquier manera ya nunca deshollinará nuestras chimeneas —dice la mujer del profesor—. Seguro Conozco a las personas.

—¡Y lo más absurdo del caso —dice la señora Biederbock, acercando su manguito hacia el anciano señor Zwirbel—, es que nunca ha debido conocer a esa tía americana de la herencia! Hoy ha llegado el aviso de que la herencia está aquí. Tiene que recogerla en la ciudad. ¡Cajas y cajones llenos de oro!

—Vaya suerte —suspira el profesor Schick, y atrae a sus dos hijas de trenzas rubias hacia sí, como si las tuviera que proteger de algo—. ¡Al final se comprará un avión!

—¡Y después trazará muchos círculos sobre el barrio mientras los demás nos morimos entre hollín! —continúa su mujer.

La mujer del profesor siempre ve

negro el porvenir. Ya hace tiempo,
cuando se construía el barrio, había pro-
fetizado que las casas saldrían nadando
como los patos con las primeras lluvias
fuertes, y ya ha pasado medio año y no
parece probable que vayan a salir flo-
tando.

Un día comprobaron los arqui-

tectos que la ciudad era verdaderamente pequeña, porque una gran ciudad debe ser una ciudad grande, si no, no merece tal nombre.

Y decidieron construir fuera, en los alrededores. De este modo nació el barrio de Mañana Alegre.

—Para ser un barrio bien orde-

nado —dijo un arquitecto—, lo primero que necesita es una alcaldía.

—Y un hotel —subrayó el segundo.

—Bien —concedió el tercero—. Pero hay que construir una casa para los industriales.

También hicieron esto, pues hay que hacer lo que se debe hacer. Así fue como se instaló en la tercera casa del barrio de Mañana Alegre la Asociación Alemana de Fabricantes de Pinceles. Realmente la asociación está compuesta por un solo hombre. A este le llamó la gente señor Pincel, para más facilidad.

A la cuarta casa se mudó el profesor con su mujer, y luego, los arquitectos construyeron dos casas más para los vecinos. A decir verdad, parecían muy pequeñas pero sus habitantes las encuentran suficientes.

En una de las casas vive el viejo señor Zwirbel con su hija Angela y el gato dorado y en la otra, al final del barrio, Sebastián el deshollinador.

La gente es amable y gentil. Se ponen alegres con el sol, con la nieve, con los resbaladizos témpanos que cuelgan de los tejados, es decir, con todo lo bonito.

Quizá algún día, Mañana Alegre será más grande. Pero verdaderamente así está muy bonito. Hay árboles gigantes alrededor, y en invierno los pájaros acuden a las casas a buscar comida.

«En cualquier caso, me quedo aquí» —se dice Sebastián a sí mismo, mientras intenta quitarse una mancha de su mejor pantalón con una goma de borrar—. «¡Por mucho que me haya legado tía Pimpernella, yo me quedo en Mañana Alegre!»

Le gusta mucho Mañana Alegre. Le gustan los árboles, las hormigas, los petirrojos, la elegante Kittekitt y especialmente le gusta su oficio de deshollinador. ¿Qué hay mejor que pasear arriba, sobre los tejados, mirando al cielo? ¿O mirar también un poquito a las ventanas de la gente? Allá arriba se puede soñar, o cantar todo lo alto que se quiera. Una vida maravillosa y tranquila es la que vive Sebastián el deshollinador. Pero por desgracia sólo le queda exactamente una hora y cuatro minutos de vivir así. Dentro de una hora y cuatro minutos aceptará la herencia de tía Pimpernella. ¡Y esta herencia es una barbaridad!

La herencia

Sebastián el deshollinador camina sobre la nieve suave hacia la ciudad. Va tan contento que saluda a todo el mundo. Incluso a aquellos a los que no conoce de nada.

Cien mil dólares de oro, reflexiona, son un buen montón de dinero. Como de verdad consiga cien mil dólares de oro, doy algo a cada uno de los del barrio. Y para mí, me compro bombones de nata, ¡un saco lleno!

Sebastián se alegra. Va mirando las casas que aparecen como encantadas, con sus altos gorros blancos de nieve. Aprieta un poco la nota que esconde en su bolsillo.

«Se ruega —dice en la nota—, que pase a recoger dos grandes maletas y algo más. La administración del ferrocarril.»

Por eso ha traído Sebastián el trineo. En las maletas estará el dinero, pero ¿qué será ese «algo más»?

Bueno, ya lo averiguaré, piensa Sebastián y de pura alegría, se arranca la gorra de la cabeza y la sacude de tal manera que los copos de nieve revolotean como una nube de azúcar en polvo. Coloca el trineo delante de la estación, entre los coches aparcados y se limpia deprisa los zapatos con el pañuelo. Compone una sonrisa y entra. Es el momento más grandioso de su vida y le gustaría que se notara. En el vestíbulo de la estación hay un gran gentío.

—Por favor —pregunta Sebastián a un señor—, ¿dónde está la consigna de equipajes?

—Las ocho y cinco —contesta el señor; esto pasa porque la gente se pone un poco nerviosa cuando viaja.

Así que Sebastián se pone a buscar por su cuenta. Pasa por delante del despacho de billetes, de las salas de espera, de los kioscos de periódicos y ante ochocientas noventa y cinco personas, por lo menos.

Por fin descubre la consigna de equipajes. Un ruido espantoso le rodea. Suena como si en una radio se escucharan tres emisoras al tiempo.

—Buenas tardes —dice atentamente Sebastián.

El empleado de la consigna es tan alto como un álamo mediano. O a lo mejor está subido a una banqueta, no se sabe con seguridad.

—¿Y? —pregunta de mal humor.

—Soy Sebastián, el deshollinador del barrio de Mañana Alegre.

La cara del empleado, alto como un álamo, brilló entonces como un farol callejero en una noche oscura. Los ojos se le llenaron de lágrimas y levantó las manos hacia el cielo.

—Dios le bendiga —murmuró tranquilizado—. Dios le bendiga.

Sebastián piensa que, seguramente, el empleado de la consigna de equipajes es un gran tipo, y decide darle un par de dólares de oro.

—Soy el heredero —dice—, y quería recoger dos grandes maletas.

—Le daremos todo —contesta el empleado—. Todo.

Mientras empuja hacia Sebastián dos maletas de cartón gigantescas y deformes, el ruido que hay en la parte trasera aumenta hasta convertirse en un tremendo griterío.

Sebastián, naturalmente, tiembla un poco al arriesgarse a abrir la primera de las dos maletas, pues una gran herencia es más rara todavía que una chimenea limpia. Levanta decididamente la tapa, perplejo echa una mirada al interior y la cierra otra vez enseguida. No ha visto más que tiestos vacíos. Tiestos vacíos y un montón de basura. De dólares de oro ni huella.

—Estarán en la otra maleta —le dice al largo empleado, que sacude irónico la cabeza.

—No —dice amablemente—, créame, no están en la maleta. ¡Un momento, por favor!

Desaparece en la oscuridad del despacho. Todo se queda extrañamente silencioso de repente y al momento ve

Sebastián a tres niños enfrente. Son dos chicos y una niña diminuta.

—Aquí están —afirma el empleado de la taquilla y empuja a los extraños niños hacia Sebastián el deshollinador.

—Gracias —dice Sebastián complaciente—. No necesito ningún niño, yo...

—Van incluidos —sonríe irónicamente el hombre—. Son el algo más.

Tres niños muy peculiares

Sebastián mira embobado a los niños. Tienen un aire singular, completamente distintos a todos los niños que él conoce. Uno de los dos chicos es total y completamente amarillo. Zapatos amarillos, pantalones amarillos, gorra amarilla y jersey amarillo en el que hay un pez multicolor bordado. En la mano lleva una trompeta brillante y le mira escudriñando con sus ojos negros.

El otro chico va vestido de rojo de pies a cabeza. Con sus ojos azul celeste mira a través de Sebastián, como si éste no existiera. Tiene un tambor delante de la barriga y en su jersey hay un pájaro, raro y llamativo.

Pero la niña pequeña, con su traje abigarrado, es la que más asusta a Sebastián. Tan sólo es la mitad de grande que los niños y además lleva ya zapatos de tacón alto. Con sus ojillos verdes le mira por debajo del borde de un majestuoso sombrero adornado con flores y con los dos brazos sostiene una gigantesca guitarra.

¡No, Sebastián no quiere los niños! Verdaderamente no quiere, de ninguna manera, ningún niño. ¿Qué va a hacer un deshollinador, joven y soltero, con unos niños? ¡Y estos niños no los quiere de ninguna manera!

—Pero por favor —dice al empleado de la consigna de equipajes—,¿no será por casualidad una equivocación?

—No es una equivocación —dice el chico rojo, y golpea sobre su tambor de una manera que Sebastián en seguida se convence.

Pero si no es una equivocación ¿qué otra cosa puede hacer más que quedarse con los niños? Al fin y al cabo ésta es la última voluntad de la desconocida tía Pimpernella. Además Sebastián no es un monstruo como para no aceptar a tres niños pequeños que han viajado a través del inmenso océano. Así que se da a sí mismo un golpe y se traga todos sus malos presentimientos sobre futuras desventuras.

—Bien —dice un poco perplejo—, en tal caso, soy vuestro tío Sebastián.

Los niños le miran absortos.

—Bueno ¿y? —dice por fin la niña con una voz de cuervo joven.

Sebastián se sobresalta.

—¿Qué? —pregunta aturdido.

—¿Es este todo el recibimiento? —se informa el rojo.

Sebastián les contempla por turno. La niña con su vestido abigarrado, el rojo con su aspecto fresco y el chico de amarillo con la cara impenetrable y el crespo pelo negro brotando debajo de la gorra.

—Si hubiera sabido que veníais —dice enfadado— hubiera traído un ramo de rosas.

Los tres le miran ofendidos.

He hecho mal, piensa Sebastián inquieto. Probablemente no sé cómo tratar a los niños.

—Hala, venid conmigo de una vez —dice amable y rodea paternalmente con el brazo los hombros de la niña.

Pero inmediatamente lo vuelve a retirar. El extraño ser con pecas y ojos verdes le ha mordido en la mano, con la agilidad de una serpiente.

—¡Ay! —brama Sebastián.

Los tres niños le miran con ironía.

—¿Dónde tenemos que ir? —pregunta el amarillo.

—A casa, naturalmente —gruñe Sebastián.

—Bueno, sea, vamos con él —dice el rojo.

—¿Dónde has aparcado?

—Delante de la estación.

Sebastián el deshollinador coge las dos grandes maletas y sale delante.

A lo mejor es sólo un mal sueño, piensa de repente, y cuando me de la vuelta han desaparecido.

Con cautela vuelve un poco la cabeza. No es un sueño. Detrás de él trotan tres niños con el aspecto de pequeños espantapájaros.

—Bien —dice Sebastián—, ya estamos aquí.

Tira las maletas sobre el trineo y las ata fuertemente.

—¿Qué? —chilla la pequeña desconcertada—. ¿Es este tu coche?

Sebastián traga saliva.

—¿No sería preferible que tuvieras un coche de verdad? —pregunta el rojo desconcertado.

—¿Qué te crees? —levanta la voz, oscura y blanda, el vestido de amarillo—. ¿Crees que vamos a ir a pie?

Sebastián se endereza. Tímidamente se retira de la frente los mechones de pelo rubio. ¡No tiene coche! Nunca se había dado cuenta antes de que no tiene coche. Pero ahora ésto le resulta tan molesto como si tuviera un agujero en el pantalón.

—Si os parece bien —dice—, turnaos en el trineo.

—¿Cómo turnaos? —grita contento el chico de los ojos azul celeste—. ¡Nos sentamos todos a la vez!

—¡Estamos muy cansados! —chilla la niña. ¡Al fin y al cabo venimos desde América!

Como si hubieran venido andando, piensa Sebastián. Pero se guarda mucho de decirlo.

—Bueno —opina—. Me pesará tremendamente, pero por favor. ¿Cómo os llamáis? —pregunta de repente.

—Yo me llamo Mississipi —dice el rojo y toca un redoble en el tambor.

—Missouri —se presenta el de los profundos ojos negros.

—Y yo soy Do Mayor —chilla la niña desde el trineo.

—Mississipi, Missouri y Do Mayor —repite Sebastián—. ¡Esto puede resultar divertido!

Un perseguidor
misterioso

Para Sebastián resulta un camino extremadamente difícil. Hubiera preferido dejar a Mississipi, Missouri y la pequeña Do Mayor volcar con el trineo. Pero ¿puede uno portarse así con unos niños que se acaban de recibir? De todos modos Sebastián siente en estos momentos compasión por todos los caballos del mundo. Y también por todos los burros.

La nevada es cada vez más espesa. Rodea a Sebastián como una cortina. Pero detrás de él el ruido es tremendo. Los niños tocan sus instrumentos.

Tampoco son musicales, piensa Sebastián, e intenta apretar el paso,

como si así pudiera escaparse del ruido. Empieza a comprender por qué el empleado de la consigna de equipajes parecía tan aliviado cuando le vio.

—¡Me hielo! —grita Missouri de repente—. Se me hielan las manos y también los pies.

—Aguantad —ruge Sebastián volviéndose hacia el estrépito—. En seguida llegamos.

Se alegra en silencio de que exista Kittekitt. Seguramente conseguirá hacerse con los niños.

No vuelve la cabeza ni una sola vez. Pero aunque lo hubiera hecho, a causa de la espesa nieve, Sebastián no hubiera notado que alguien les va siguiendo. Un enorme coche plateado se desliza sin hacer ruido a gran distancia tras el trineo. Al volante va sentado un hombre con el sombrero muy encasquetado.

Cuando por fin llega Sebastián al barrio de Mañana Alegre, sale todo el mundo de sus casas. Hasta sale el señor Pincel, abandonando por un momento la cuenta anual de gasto de brochas del maestro pega-carteles municipal.

—¡Sebastián está aquí! —grita la señora Biederbock—. ¡Viva el heredero!

—¡Viva! —ruge el gentío, y tiran sus gorras y sus pañuelos y levantan los brazos al aire. Entonces ven a los niños en el trineo y las bocas se les quedan abiertas como si fueran carpas fuera del agua.

—¿Qué miráis tan embobados? —chilla la pequeña Do Mayor. —¿Nunca habéis visto niños o qué?

La gente vuelve a cerrar la boca y se quedan horrorizados. Realmente sí que han visto niños, pero ninguno de esta clase. A Sebastián este asunto le resulta sumamente molesto. Arrastra rápidamente el trineo hasta delante de la puerta de su casa.

Kittekitt mira desde la ventana. Sus cabellos cobrizos son tan sedosos como la piel de un gato de angora y se nota que se ha pasado muchas horas delante del espejo.

—¡Sebastián! —llama sorprendida—. En tu trineo hay unos niños sentados.

—Son parte de la herencia

—aclara Sebastián y se seca el sudor de la frente.

—Basti —pregunta Missouri poco amable— ¿no será por casualidad tu mujer?

—No —contesta Sebastián— es...

—¡Entonces, échala! —decide Mississipi—. No la puedo soportar —ordena alto y bien claro. Kittekitt pierde los colores, excepto los del maquillaje.

—Tienes que perdonarles, Kittekitt —pide Sebastián el deshollinador—, están un poco enfadados, ya sabes.

—¡No estamos enfadados! —chilla Do Mayor contenta, mientras da una patada a la puerta de la casa—. ¡Estamos como siempre!

Así es la llegada de los niños al barrio de Mañana Alegre. Al mismo tiempo se para un enorme coche plateado ante el albergue «El Caracol».

—Buenos días —dice el señor elegante de bigote y cejas pobladas, y agita su gran sombrero—. Espero que tenga una habitación para mí.

El hotelero, que sólo tiene una

habitación de huéspedes, justo en la que vive Kittekitt, decide en un abrir y cerrar de ojos dormir en la bañera y poner su habitación a disposición del desconocido.

Un huésped tan distinguido no se consigue todos los días, piensa el hotelero. ¡Todavía le queda mucho de qué asombrarse!

Los niños más encantadores del mundo

—¿Dónde está el baño? —pregunta Do Mayor, empinada delante de Sebastián, como un minúsculo perro descarado.

—El baño —tartamudea Sebastián—, bien, lo que se dice un baño no tengo. Pero te puedes bañar aquí —añade—, o arriba en el dormitorio.

La casa en la que vive Sebastián es muy pequeña. De hecho no tiene más que dos habitaciones, sin contar el jardín.

—¡Yo no me quiero lavar! —gruñe la pequeña Do Mayor—. Quiero cantar. En el baño la voz resuena muy bien —se sienta en el suelo, en

medio de la habitación y empieza a quitarse los zapatos.

Kittekitt se frota los ojos. No se cree lo que está viendo. Los dos chicos se han arrellanado en dos sillas y colocan, imperturbables, los pies encima de la mesa.

—¡Hambre! —dice el rojo, que se llama Mississipi.

—¡Sed! —añade el otro.

Sebastián el deshollinador se avergüenza espantosamente. Al fin y al cabo son su herencia.

—Querida Kittekitt —susurra—, ¿quieres ocuparte de los niños?

—Sebastián —contesta Kittekitt seria—. ¿Dónde están los cien mil dólares de oro?

No le gustan demasiado los niños y el trabajo mucho menos.

—¡Tengo un ojo de gallo! —grita la pequeña Do Mayor—. ¡Vete a buscar al médico!

—Más tarde —dice Sebastián. Con diplomacia contesta a Kittekitt—. ¿Los cien mil dólares de oro? Deben de estar en la segunda maleta.

Pone la maleta con cuidado sobre la última esquina que queda libre en la mesa, al lado de los zapatos de los dos chicos y la abre. Y mientras los niños cantan a coro: «Hambre, sed» y «ojo de gallo», empieza de prisa a deshacer la maleta.

Va sacando un sombrero de paja espachurrado, un revólver, tres bolsas llenas de guisantes, un traje de noche bordado en oro, una jaula, un cofre oxidado sin llave, veintitrés puros y una gigantesca cantidad de hojas secas de otoño.

—¿Quién ha empaquetado esto? —pregunta Sebastián impresionado.

—Nosotros —dice Missouri—. Sólo hemos traído lo más imprescindible. Si no tienes nada para beber en casa, me voy al restaurante —añade amablemente.

—En seguida —dice Sebastián y coloca un cacharro con leche sobre el fogón.

Está completamente desconcertado y para colmo de males, Kittekitt le mira tan enfadada como si le hubiera tirado a la cabeza un puñado de hollín del tejado.

—¿Para qué necesitáis las hojas secas? —le pregunta a la pequeña Do Mayor.

—Para divertirnos —dice.

—A lo mejor los dólares de oro están en el cofre —se le ocurre a Kittekitt.

—No —contesta Sebastián triste—. Pesa demasiado poco.

Vierte la leche en tres vasos y se los acerca a los niños.

—¿Piensas que somos bebés? —pregunta Mississipi horrorizado.

—¡Unos buenos pillos es lo que sois! —brama Kittekitt.

—Aunque así fuera ¿a tí qué te importa? —grita la pequeña Do Mayor—. Ni siquiera vives aquí.

Missouri saca una carta del bolsillo de un pantalón amarillo limón y se la entrega a Sebastián.

—Lee esto —dice suave—. Te lo explica todo.

—¿Quién? —balbucea Sebastián.

—Tía Pimpernella —contesta Do Mayor perdiendo la paciencia—. ¡Venga, leela ya!

Sebastián se sienta en el borde de la mesa y empieza a leer en voz alta.

«*Querido Sebastián*», lee, «*este es el día en que tomas posesión de mi herencia. Yo, tu buena tía Pimpernella, te confío toda mi fortuna. Verdad es que nunca te he visto, pero mis sentimientos me dicen que eres un joven razonable, que obrarás según mis deseos.*

Al llegar aquí Sebastián inclina la cabeza. Se siente muy tranquilizado con las palabras de tía Pimpernella.

«*Querido Sebastián*», sigue leyendo, «*cuida mis plantas de interior. Eran el orgullo de mi vida. Cuida especialmente mi begonia metálica*».

—¿Dónde está la begonia metálica? —pregunta Sebastián.
—La he empaquetado —murmura Missouri, mientras se rasca el crespo cabello negro—. Era un poco delicada.

«*También encontrarás un traje*

de noche dorado», sigue leyendo Sebastián, *«Cuélgalo en un sitio de honor. Me lo ponía siempre los miércoles por la noche.*

Y ahora, mi querido Sebastián, llego a la parte principal de tu herencia, a mi verdadero patrimonio. Mi querido, querido joven, tengo la sensación de que te harán feliz, igual que llenaron mi corazón de felicidad. Eran todo mi patrimonio, mi fortuna, mi tesoro dorado: ¡los niños! ¡Son los niños más encantadores del mundo!

Sebastián se detiene. Traga saliva. Vuelve a repasar los rasgos de la escritura de tía Pimpernella.

—¡Los niños más encantadores del mundo! —repite alto y se vuelve a Kittekitt.

Pero Kittekitt ha desaparecido. Silenciosa como la nieve ha cerrado la puerta detrás de sí con llave.

Alguien se desliza
alrededor
de la casa

—¡Kittekitt! —llama Sebastián.
Pero ya es tarde.

—¡Deja que se vaya! —grazna
Do Mayor—. ¡A nosotros no nos cae
bien!

—¡Pero nos queríamos casar!

—Eso no lo hubiéramos visto
con buenos ojos —dice Mississipi, y sus
ojos azul celeste miran recriminadores—.
También tienes que tener un poco de
consideración con nosotros.

Sebastián se inclina otra vez sobre la carta. Está tremendamente rabio-
so con los niños heredados, pero es un
hombre educado y los hombres educados se guardan su rabia para sí.

«*Para que sepas cómo tratar con-
venientemente a mis palomitas, mis retoños*», sigue leyendo, «*te envío instrucciones para su manejo: El primero es
Mississipi, mi pequeño niño mimado.
Se le llama Sipi. Hace años que le recogí
en un orfanato del oeste del país. Sipi
es un niño extraordinariamente inteli-
gente y hábil. Casi siempre se levanta
alrededor de las diez. A esa hora, toma
una taza de té acompañada de seis panecillos. Durante el día se puede entre-
tener muy bien solo, pero no hay que
olvidar asarle una chuleta a mediodía.
Es sano y deportivo y tiene que ir todas
las semanas al peluquero. Por la noche
le gusta beber un vaso de cerveza de
malta con almendras tostadas y panecillos de miel.*

*A mi adorado Missouri le llama-
mos Suri. Procede de un orfanato del
sur del país y es un chico delicado y
soñador, hay que tener un poco de consideración con su alma. Su empleo del
día es irregular y, cuando se despierta,
es importante saludarle con una palabra
amable y dos tabletas de chocolate.
Por lo demás su comida es pobre en vi-*

taminas y le gustan las flores. A mediodía, y por la noche come macarrones a la italiana con ensalada. Ya verás, es pacífico y valiente y siempre tiene los pies fríos. Harás muy bien si le tejes unos calientapies.

A Do Mayor, mi angelito, mi pajarito, mi corazón, la conseguí en un orfelinato del este del país. Es una criatura cariñosa, con mucho sentido para todo lo bello. Por la mañana, a las diez, le gusta tomar un zumo de naranja, a las doce, un zumo de frambuesa, a las dos, un zumo de manzana, a las cuatro, un zumo de grosella, a las seis un zumo de pomelo y a las ocho un zumo de pera. Es muy afectiva y se alimenta principalmente de pepinillos en vinagre. Por la tarde, invariablemente, hay que contarle un cuento y si además le das de vez en cuando una alegría, seguro que se encontrará muy bien a tu lado. Es una niña muy alegre y le gusta cantar cancioncillas ingenuas.

Querido Sebastián, los tres niños tienen sentido musical y son muy inquietos. Hablan un alemán maravilloso, pues yo siempre he conversado con *ellos en mi lengua materna. Quizá al principio sean un poco huraños. Sé bueno con ellos, quiérelos y concédeles sus pequeños deseos. Desde el cielo, velaré por vosotros,*

Tu tía Pimpernella

Sebastián se limpia el sudor de la frente. Cerveza de malta, pies fríos, zumos de todas clases le dan vueltas alrededor de la cabeza. De repente levanta la mirada. Las palomitas, los retoños, ya no están aquí sentados en sus sitios. Han vaciado la alacena de la cocina y se están zampando todo lo que hay comestible. Salchichas, azúcar, polvos para hacer puding, sardinas en aceite y copos de avena. Eran las provisiones para toda la semana.

Se estropearán el estómago, piensa Sebastián y de repente se siente tan desgraciado y tan destrozado como alguien a quien han condenado a muerte siendo inocente. Se envuelve en una bufanda, tan verde como el jardín en verano, y sale.

Ha cesado de nevar. Se ve el firmamento claro y profundo sobre el barrio de Mañana Alegre. Las estrellas brillan y centellean como innumerables ojos alborozados. Las casas están oscuras y silenciosas, sólo en casa del señor Zwirbel hay una luz encendida. Angela está asomada a la ventana y mira hacia afuera. Canturrea una melodía y sueña con la Suerte, que debe ser tan multicolor como una mañana de primavera.

Pero Sebastián el deshollinador está completamente ajeno a todo esto. Camina de acá para allá escuchando cómo cruje la nieve debajo de sus pies. Después ve como también se apaga la luz de la casa del señor Zwirbel. La plácida noche envuelve el barrio. La paz y la tranquilidad adormecen a la gente hasta el nuevo día.

—Bueno, sí —gruñe Sebastián, y siente cómo se va tranquilizando lentamente.

Justamente cuando quiere volver a casa, le parece oír unos pasos silenciosos. A la velocidad del rayo cruza una sombra por detrás de los árboles.

—¡Hola! —llama Sebastián sorprendido.

Pero todo permanece en silencio.

Me habré equivocado, piensa.
Todo es posible en un día como hoy.

Se sacude la nieve de los zapatos y entra.

Se queda parado, perplejo. ¡Los
niños han desaparecido!

Sebastián descubre algo

—¡Sipi! —llama Sebastián—, ¡Suri! ¡Do Mayor!

Pero nadie contesta. De repente un estrépito peculiar que viene desde el primer piso llega a sus oídos. Se oye como si un par de mastines ladraran a cual más. Sebastián sube precipitadamente y abre la puerta. Sipi, Suri y Do Mayor están acostados pacíficamente en su cama, tapados hasta las orejas.

—Quizá se sientan un poco hurraños al principio —recuerda Sebastián y a pesar de su enfado se sonríe.

—¡Pero es un disparate! —gruñe bajito—. ¡Nunca hubiera pensado que los niños roncaran de esta manera!

Entra en el cuarto y se queda asustado. ¡Todo cruje! Sobre el suelo del dormitorio se amontonan las hojas secas de la segunda maleta.

—¡Caramba! —dice Sebastián y se esfuerza en recogerlas. Pero cambia de parecer. ¿Dónde va a dormir si su cama está ocupada? Resuelto, se acurruca sobre las hojas americanas y se duerme al momento. No es de extrañar, si se piensa que hasta hoy, Sebastián estaba acostumbrado a llevar una vida tranquila.

De madrugada se despierta sobresaltado. ¡No, no es un sueño, es ruido de verdad!

Sebastián corre a la ventana y mira hacia afuera. En todas las casas del barrio de Mañana Alegre están las luces encendidas. Se abren bruscamente las puertas y la gente grita.

La causa de todo son tres figuras pequeñas que a Sebastián le resultan particularmente conocidas. Sipi, Suri y Do Mayor se pasean por la calle y tocan sus instrumentos. Sipi toca el tambor tan fuerte que tiemblan los muros, Suri trompetea en los tonos más agudos y

Do Mayor les sigue sobre sus altos tacones, mientras aulla su guitarra.

La mujer del profesor piensa que ha ocurrido alguna desgracia. El señor Biederbock cree que es un atraco y guarda en sitio seguro los expedientes, el hotelero del albergue 'El Caracol' amenaza con llamar a la policía. El gato dorado del señor Zwirbel se esconde asustado en el sombrero de los domingos de su amo y los pájaros de los árboles abren los ojos todo lo que pueden. Cosa que no suelen hacer nunca por la noche. Solamente Angela se ríe con disimulo. Es que tiene un gran sentido del humor.

—¡Venid inmediatamente a casa! —ruge Sebastián el deshollinador, en medio del alboroto general—. ¡He dicho inmediatamente!

La cólera hace que tenga una voz tan potente que los niños le oyen.

—¡Baja Basti! —grazna alegre la pequeña Do Mayor—. ¡Es muy divertido lo que pasa!

Sebastián galopa escaleras abajo y sale a la calle. Hace una noche de invierno helada.

—¡Sipi! —llama—, Suri y Do Mayor ¿qué os habéis creído?

—¿Por qué gritas así? —se lamenta Suri con voz suave.

Ten consideración con su alma, recuerda Sebastián.

—¿Qué podemos hacer durante todo el tiempo? —chilla la pequeña Do Mayor—. ¡Tú no te ocupas de nosotros!

—En las instrucciones no dice nada de las noches —se le ocurre a Sebastián de repente—. Y después añade suave—. Venid ahora a casa. Desde mañana me preocuparé de vosotros.

—¿De verdad vas a ser mejor? —pregunta Sipi con seriedad.

—Sí —contesta Sebastián y hasta sería capaz de ofrecerles un perro a rayas para que volviesen a casa con él.

—Tengo los pies fríos —asegura Suri.

—Andad delante —dice Sebastián.

Se coloca en medio de la calle, justo a la vista de sus enfadados vecinos y hace una profunda inclinación.

—¡Por favor, disculpen! —grita—. Esto no volverá a ocurrir.

«Clap», se cierran todas las ventanas y la paz vuelve a reinar.

—¡Y vosotros, acostaos inmediatamente! —ordena Sebastián.

—¿Por qué? —pregunta Suri.

—Porque es de noche —responde Sebastián el deshollinador— ¿Es que no tenéis más propósito que enfadarme?

—Pero ¿por qué piensas eso? —pregunta Sipi—. Sólo queríamos que ocurriera algo. Hay tanto silencio aquí.

—¡En el barco si que ocurrían cosas! —chilla Do Mayor—. Continuamente caían cosas al agua. Un día, un sombrero de señora, una vez, una maleta, otra vez, una pipa, dos libros, una radio, una pluma estilográfica y por último un sombrero de caballero.

—¿Es posible? —se extraña Sebastián—. ¡Eso sí que es una cadena de desgraciadas casualidades!

—Pero no eran casualidades —dice Sipi y lanza un zapato al aire y le vuelve a coger por el pie—. ¡Eramos nosotros!

—Verdaderamente sois unos... —quiere enfurecerse Sebastián, pero en el último momento se contiene—. Niños estáis cansados —completa luego.

—Si te empeñas —bosteza Suri—. Buenas noches entonces.

Suben con gran estrépito las escaleras.

Sebastián se deja caer suspirando en un sillón de pana con flores azules. Esconde la cara entre las manos y reflexiona.

El destino humano, eso piensa, es como un mono. Durante mucho tiempo está sentado tranquila y amablemente, y de repente te arroja nueces a la cara.

Y cuando acaba de pensar esto, resuena desde arriba la voz de la pequeña Do Mayor que canta:

«Soy educada y jovial
Y vivo siempre feliz,
La cosa siempre fue así,
Yo nunca me porto mal.»

Comienzan los niños.

«Tachín, tachán,
Tachín, tachán,
¡Ella nunca se porta mal!».

Empieza la pequeña Do Mayor de nuevo.

«Pero si tengo un día malo,
La cosa es de otra manera,
Si alguien me desespera
Yo le atizo con un palo.»
«Tachín, tachán,
Tachín, tachán,
¡Ella le atiza con un palo!»

«Le doy una gran patada,
Le golpeo con un cazo,
Le propino un puñetazo,
Y de él ya no queda nada.»

«Tachín, tachán,
Tachín, tachán,
Y de él ya no queda nada.»

Éstas son las cancioncillas ingenuas, piensa Sebastián. Y como no puede dormir, recoge las cosas de las dos maletas. Coloca en el armario de la cocina el cofre, el sombrero de paja, el revólver, los cucuruchos con los guisantes y los cigarros, en la pared cuelga la jaula vacía. Hace muy bonito, y quién sabe ¡a lo mejor Sebastián puede comprarse un canario algún día!

Levanta con cuidado el traje de noche dorado. Pero al darle la vuelta, ve con gran asombro que no es más que medio traje. ¡Falta completamente la parte de la espalda!

—Debía de ser una persona muy extraña esta tía Pimpernella —gruñe Sebastián.

Y se imagina que a lo mejor era sólo media tía. Abre la segunda maleta y saca las macetas. Las coloca, una al lado de otra, en el borde de la ventana, y pone en cada una un poco de tierra de la que hay en la maleta. Pero casi no se puede esperar que de aquí renazcan las plantas de interior de tía Pimpernella.

Cuando por fin ha colocado todo y el fuego arde otra vez con fuerza, se sienta a la mesa y vuelve a coger la carta en la mano. Entonces descubre algo que antes se le había pasado. En el margen de la carta hay escrito con los finos rasgos de la escritura de su tía:

«Ten cuidado con el cofre»

¡¡¡Y está escrito entre tres signos de admiración!!!

Algo no concuerda en Mister X

Al día siguiente era miércoles. Los miércoles Sebastián siempre deshollinaba la chimenea del señor Pincel. Los lunes limpia la chimenea de la alcaldía, los martes la de la hostería, el jueves limpia en casa del profesor, los viernes en casa del anciano señor Zwirbel, los sábados quita el hollín de su propia casa y los domingos siempre los tiene libres.

Sin embargo este miércoles tiene que hacer una excepción por diversas causas. Primero porque Sebastián está cansado. Ha estado más de media noche buscando la llave del cofre. Ha buscado en la tierra de las plantas, en la jaula, entre los guisantes, en el revólver, en el sombrero de paja y hasta en las hojas secas. Incluso ha mirado hoja por hoja. Pero todo ha sido inútil.

Fuera brilla el sol. La nieve centellea y brilla. Las ramas de los viejos árboles se hunden bajo la resplandeciente carga y a los pinos pequeños sólo les asoma la punta por encima de la nieve. Cabezas de pinos picudas, cubiertas por enormes sombreros blancos.

Del tejado de Sebastián cuelgan carámbanos brillantes hacia abajo, hasta mitad de la ventana. Hay sesenta y cinco y parecen una cortina de perlas.

Pardillos, herrerillos y gorriones están posados en las casitas-nido, y los cuervos se pasean orgullosos por el jardín de Sebastián y hacen un efecto solemne con su negro frac de plumas. Pero así son los cuervos. Son así los domingos y así son durante la semana.

Sebastián se levanta. Se lava los dientes y se limpia los zapatos con dos cepillos diferentes. Da cuerda al reloj de cuco. No, hoy no puede deshollinar ninguna chimenea. Antes de nada tiene que ir a la compra, pues ahora tiene tres niños que atender. Además, también está triste. Le ha abandonado Kittekitt sin ninguna explicación y Sebastián no tiene el corazón de piedra.

Por eso decide ir en seguida a la hostería «El Caracol». Primero porque allí vive Kittekitt y además porque el hotelero es el dueño de la tienda en la que él tiene que hacer la compra.

La gente del barrio todavía está durmiendo. Hay tanto silencio como en el Kilimanjaro, que es la montaña más alta de África y en su cumbre no vive nadie. Sólo el gato dorado del anciano señor Zwirbel se cruza con Sebastián.

—Buenos días —dice cortésmente.

—Miau —contesta el gato, lo que significa algo parecido.

El hotelero del albergue «El Caracol» está ya despierto. Incluso demasiado despierto.

—Tengo un huésped muy fino —le cuenta a Sebastián—. Sólo come mermelada de frambuesa y caviar y para acompañarlo bebe vino generoso del más caro.

—¿De veras? —dice Sebastián—.
¿Cómo se llama?

—Bueno —el hotelero se rasca
con el dedo índice entre el cuello y la
camisa—. Eso no lo sé exactamente.
Tiene una escritura genial, ¿sabes?, no
se puede leer. Yo le llamo Mister X.

—¡Ah! —dice Sebastián, al que
casi no le importa el asunto.

Compra panecillos, zumo de
manzana, chocolate, zumo de naranja,
salchichas, zumo de fresa, una chuleta,
zumo de grosella, macarrones, zumo
de pera, té, ensalada, cerveza de malta,
pepinillos en vinagre y lana para hacer
un calientapies. Lo único que no puede
conseguir es zumo de pomelo.

—¿Qué pasa con los cien mil dólares de oro? —pregunta y se sonríe un
poco irónicamente.

—¡Qué va a pasar! —refunfuña
Sebastián.

—Bueno, los niños son también
encantadores —se burla el hotelero.

Abre a Sebastián la puerta que
comunica la tienda con el vestíbulo de
la casa y mira como éste sube las escaleras de la habitación de Kittekitt.

—¡Kittekitt! —dice Sebastián y llama a la puerta temeroso.

—¿Quién es? —resuena desde dentro.

—Soy yo, Sebastián el deshollinador. Me gustaría que volvieras otra vez conmigo.

—Escucha —dice Kittekitt—. Date la vuelta y vuelve a bajar la escalera. Diviértete con tu jardín de infancia. Y olvídate de mí.

—¡Kittekitt! —grita Sebastián desesperado.

Pero ya no recibe ninguna contestación. Entonces se da la vuelta y se va. Pero los pies le pesan como si llevara botas de escalar del número 55.

Cuando llega a su casa ya están los niños levantados. Do Mayor está colgada de la lámpara y se columpia. Suri boxea con el sillón de pana de flores azules, y Sipi se sostiene sobre la cabeza.

—Pero ¿se puede saber qué es lo que estáis haciendo? —se horroriza Sebastián.

—¡La gimnasia de la mañana! —chilla Do Mayor.

De todas maneras, no parece que se hayan enfriado, ni que tengan el estómago estropeado, piensa Sebastián.

—¡Bonita administración hay aquí! —dice Sipi desde abajo—. ¡No hay nada de comer ni nadie en esta casa!

—No sé si tengo razón —dice Sebastián—, pero me da la sensación que no os comportáis según las instrucciones.

—Pero nosotros no somos un detergente ni nada parecido —aclara la pequeña Do Mayor, mientras le guiña sus ojillos verdes.

Esto parece evidente.

Sipi se come los siete panecillos untados, Suri tres pepinillos en vinagre y Do Mayor una tableta de chocolate. Después cuchichean entre ellos.

—Basti —pregunta Sipi por fin—. ¿Qué pared podemos usar?

—¿Para qué? —pregunta Sebastián.

—Queremos probar quién escupe más lejos —aclara Suri mientras hace juegos malabares con el plato.

—Si no os importa —opina Sebastián—, lo podéis hacer en la calle.

—¡Claro! —dice Sipi—. Ya entiendo. Los mayores son siempre un poco raros con sus casas.

Sebastián cree que no ha oído bien.

—¡Quietos! —grita cuando los niños están a punto de desaparecer—. ¿Alguno de vosotros tiene por casualidad la llave de este cofre? Y les enseña la postdata de la carta de tía Pimpernella.

Los niños mueven la cabeza. En los bolsillos no tienen nada más que una serpiente de goma, un machete y tres dólares cincuenta.

—¡También tenemos pañuelos! —chilla Do Mayor.

Como si se hubieran puesto de acuerdo, los tres agitan algo dorado.

—Enseñádme —dice Sebastián—. Esto es... ¡pero si habéis cortado toda la espalda del traje de noche de tía Pimpernella!

—Sí —inclina la cabeza Suri—. Bonito, ¿verdad?

—Sobre esto hay distintas opiniones —responde Sebastián.

Se siente muy aliviado cuando por fin los niños desaparecen hacia la calle.

—Escupir es una tontería —piensa la pequeña Do Mayor—. Es mejor visitar los alrededores. Pero antes vamos a hacer un par de bolas de nieve bien duras. Pudiera ser que nos cruzaramos con alguien.

Cuando van a empezar, Sipi les da a los otros dos una patada en las espinillas. Pero sólo un poquito.

—¡Ay! —ruge Do Mayor—. ¡Melón! ¿Qué te has creído?

—¿Le conocéis? —susurra Sipi.

Sin ninguna duda, es Mister X el que va calle adelante. Lleva el sombrero flexible muy echado sobre la cara.

Este es el del barco —cuchichea Do Mayor—. ¡Un sombrero igual que ese fue el que le tiramos al agua!

—Y también se dio cuenta —dice Suri y se pregunta por qué le resultó tan familiar este desconocido del bigote y las cejas tan pobladas, cuando se cruzó con él en el barco. Pero no cae.

Los niños se quedan parados y

vuelven un poco las cabezas hacia el lado. A lo mejor tienen suerte y el hombre no les ve. Pero el extraño Mister X se para delante de ellos. Sonriendo, se inclina un poco y les acaricia el pelo. Bueno, sólo sonríe con la boca, pues los ojos permanecen invariables mirando serios bajo la sombra del gran sombrero.

—¡No! —dice la pequeña Do Mayor cuando por fin desaparece—. ¡No lo entiendo! ¿Cómo puede ser tan amable con nosotros una persona a quien le hemos ahogado el sombrero?

Los niños asienten.

—Una cosa es segura —dice Suri, y Sipi continúa—: En este Mister, algo no concuerda.

Hay alguien en la puerta

Sebastián asa, guisa y cuece. Mueve y mezcla, prueba, se quema los dedos y riñe. Y así todos los días. Lo peor son los macarrones. Siempre se pegan unos a otros y ni con las más amables palabras consigue que se deslicen y se despeguen. Sebastián hace una especie de puding con ellos. Pero ¿quién sabe? a lo mejor es que tienen que quedar de ese modo.

Pero los niños no opinan así.

—Basti —dice Do Mayor y tuerce su pequeña nariz pecosa—, guisas igual que canta un hipopótamo.

—Creo que sólo comes pepinillos en vinagre —contesta Sebastián.

Los pepinillos en vinagre son fáciles, realmente se compran ya preparados.

—Sabes —dice Suri con su voz, bonita y suave—, ya se lo hemos advertido. Un niño no puede vivir sólo de pepinillos en vinagre.

Esto hace que Sebastián se preocupe. ¡Quién sabe todo lo que necesita un niño! A lo mejor los está tratando de una manera completamente equivocada.

—Tengo algo más que hacer que estar cocinando todo el día —rezonga enfadado—. ¡Y hacer de chica para todo! Tenía que estar deshollinando las chimeneas, seguro que están ya todas completamente llenas de hollín. ¿Qué pensará la gente de mí?

—Sí, sí —afirma Sipi y le mira con sus inocentes ojos azules—. Menos mal que nos tienes a nosotros, porque si no estarías sólo con todas estas preocupaciones.

Sebastián se levanta. Tiene que hacer ejercicio. Una persona puede estallar de demasiada rabia, igual que un balón con demasiado aire.

—¿Estáis satisfechos? —pregunta enfadado—. ¿O tenéis todavía algún deseo?

—Gracias —contesta Sipi y corta un pepinillo con los dedos justo encima de la mesa.

—¡Me gustaría tener un pantalón de baño! —dice Suri—. Verde con lunares rojos.

—¿Para qué quieres un pantalón de baño en pleno invierno?

Sebastián atrapa el pepinillo y sin darse cuenta, lo coloca en una de las macetas.

—¡Para divertirme! —aclara Do Mayor—. ¡No entiendes nada!

—Mejor será que me digáis por qué no anda el reloj de cuco —rezonga Sebastián—. ¡Siempre estuvo en hora!

Suavemente golpea la puerta de la casita del cuco, pero no se mueve nada.

—¡Adios Basti! —gritan los niños, justo en el momento en que Sebastián descuelga el reloj de la pared. Abre la tapa de detrás y se queda helado. En lugar de la maquinaria del reloj, se encuentra un auténtico nido. Hay un montón de paja y encima descansan dos huevos. Sebastián cierra los ojos y vuelve a abrir. El nido sigue estando allí. Y esto es todavía más sorprendente por que los cucos no anidan nunca. Claro que esto tampoco importa mucho, pues el cuco que acostumbra a salir de aquí es de madera.

—Sí —suspira Sebastián— soy un hombre abatido.

Realmente no se le ponen las cosas fáciles. Anteayer tenía un muñeco de nieve derritiéndose en la cocina, y ayer por poco se quema la casa. Y esto sólo porque la pequeña Do Mayor quiso hacer una hoguera con las hojas secas de otoño.

Pero lo más grave es que la gente protesta.

—Querido Sebastián —dijo la señora Biederbock mientras sacaba la mano derecha del manguito y levantaba el dedo índice—, ¡ahora que tienes niños, debes educarlos! ¡No está bien que me prendan un cartel en la espalda en el que pone «TONTA»! ¡A mí, la señora del alcalde de Mañana Alegre!

—Tiene usted toda la razón

—admitió Sebastián y tranquilizó a la señora Biederbock todo lo que pudo. Pero cuando se volvió para marcharse, vio Sebastián que volvía a llevar un cartel en la espalda. Esta vez ponía: «¡TONTA NO!».

También vino la mujer del profesor.

—Estos niños —afirmó— terminarán en la cárcel—. ¡Fuman cigarros! ¡Incluso la niña! —añadió extendiendo además los brazos hacia la lámpara de Sebastián como si quisiera desembrujarla—. ¡Lleva un sombrero adornado con flores, zapatos de tacón alto y además un gran cigarro negro!

—¡No! —se impone a Sebastián—. No te debes reír de esto! ¡Es horrible!

Al día siguiente vino el hotelero pidiendo explicaciones sobre cómo habían llegado unas sardinas en aceite hasta la cama de Kittekitt.

Sebastián mueve la cabeza una y otra vez, esperando que escampe la tormenta.

Hasta el simpático anciano señor Zwirbel ha presentado sus quejas.

—Sabe usted —dijo—, realmente, me gustan mucho los niños. Pero desde que los tres suyos se dedican a poner letreros en mi casa diciendo «Se vende» no he vuelto a tener tranquilidad. Toda la gente me hace preguntas y ya tengo dolor de oídos de tanto escuchar.

—¡Sipi, Suri y Do Mayor! —levanta la voz Sebastián— escuchad: ¡así no podemos continuar! Vuestras cabezas están más vacías que pompas de ja-

bón. ¿No creéis que hay cosas más bonitas que hacer tonterías?

Aparentemente, los chicos le es-
cuchaban formales. Pero en realidad
habían aprovechado este rato para colocar tres chinchetas en el sillón de pana
de flores azules. Y Sebastián había llegado al más extremado y desagradable
contacto con ellas.

—¡Esto tiene que cambiar! —dice Sebastián en alto y para dar más
fuerza a sus palabras coloca la cafetera
tan fuerte sobre la mesa, que sólo queda después un montoncito de pedazos.

—¡Basti! —los niños se precipitan dentro de la habitación—. Mister X
está siempre detrás de nosotros.

—Hasta nos quiere visitar ahora
—dice Suri, y abre desmesuradamente
sus abismáticos ojos negros.

—¡Pero aquí no le dejamos que
entre! —grita Sipi excitado.

—Por eso le hemos dicho —chi-
llaba la pequeña Do Mayor— que tienes poporitis. ¡A vida o muerte!, y además es contagioso.

—No te dejes ver por la calle
—le ordena también.

Y entonces desaparecen.

Apenas se ha repuesto Sebastián de este susto, cuando se vuelve a abrir la puerta.

—¡Fuera! —grita Sebastián el deshollinador, pues su paciencia ha explotado como una salchicha en el agua hirviendo.

Pero el que llega es el señor Pincel.

—Quiero decir adentro —se corrige Sebastián—. Siempre adentro. ¿Viene Vd. a causa de los niños?

—Hay dos motivos que hacen que le busque —dice el señor Pincel.

Es un hombre grande, pálido que sale poco al aire libre y que siempre se expresa con mucha corrección.

—Primero me tomaría la libertad de preguntarle cuántas brochas necesita al año. La asociación alemana de fabricantes de pinceles está realizando una encuesta. Y segundo: ¿qué debo hacer con este sombrero?

Se quita su fuerte sombrero gris de la cabeza y se lo enseña a Sebastián.

—Se trata de un rotundo disparo —aclara el señor Pincel—. Han dis-

parado un guisante contra mi sombrero.
Con un revólver.

    —Bien —dice Sebastián—, a la
pregunta primera quisiera contestarle:

una, a saber, mi brocha de afeitar. Y a la pregunta dos: sugiero colocar en él un clavel rojo y así no se vería.

El señor Pincel se queda sorprendido un poco desagradablemente, Sebastián podía haber sido más amable.

Pero cuando un disgusto sigue a otro, cualquier hombre está en trance de irse lentamente a pique. Junto con toda su mayor amabilidad.

A este día sigue una noche tranquila. Los niños duermen por fin y Sebastián deja que sus manos descansen. Ha pelado las patatas para mañana. La estufa crepita y cruje, Sebastián apaga la luz para ver bien el fuego de la chimenea, que baila por el espacio grande y rojo como un extraño animal loco.

—Si todo continuara así —piensa—. Así de tranquilo y silencioso.

Pero en ese mismo momento se lleva un susto enorme. ¡El picaporte de la puerta se mueve! Desde fuera alguien lo está bajando con infinita lentitud.

Cuatro trenzas
y un coche plateado

—Y cuando grité: ¿quién está ahí? —cuenta Sebastián a los niños a la hora del desayuno—, soltaron el picaporte y la nieve crujía como si alguien se alejase con prisa. Naturalmente fui enseseguida a la ventana. Pero no había nadie. Probablemente es verdad que no había nadie y eran sencillamente mis nervios —añade sonriente.

Pero los niños intercambian unas miradas significativas.

—Descansa un poco —dice Sipi altanero mientras se unta un poco de mostaza en su tostada con miel—. Nosotros lavaremos los cacharros.

—¡Claro! —dice Do Mayor—.

Los colocamos delante de la puerta. Cuando nieve otra vez, se limpiarán solos.

—Muchas gracias —contesta Sebastián—. Pero prefiero fregarlos. ¿Qué habéis hecho ayer? —pregunta mientras saca el revólver del bolsillo de Do Mayor y lo guarda en la cómoda.

—¿Nosotros? —pregunta Suri suave mientras se atiborra de chocolate—. Oh, hemos jugado con los niños del profesor.

—¡Ah! —se alegra Sebastián—. Eso está bien.

Y en su corazón brota la esperanza de que «los niños más encantadores del mundo» mejoren.

—Basti —pregunta Sipi—, ¿te has dado cuenta ya de que el sillón de pana tiene un secreto?

—No —contesta Sebastián distraído, al tiempo que pesca un par de guisantes dentro de la cafetera—. ¿Qué hay dentro?

—¡Oh! —opina Do Mayor—, por ahora sólo un botón de pantalón.

—¡Enséñamelo! —Sebastián se espabila de repente.

¡Los retoños han hecho un auténtico agujero redondo en el respaldo del sillón de pana de flores azules!

—¡Ya basta! —dice Sebastián—. Ahora a ver cómo os las arregláis solos. ¡Yo me marcho!

—¿A dónde vas? —pregunta Suri asustado.

—¡A deshollinar chimeneas! —dice Sebastián autoritario.

—¡No! —brama Do Mayor, mientras se pellizca la barriga con la mano—. ¡Eso no lo puedes hacer!

—Te tienes que ocupar de nosotros —dice Sipi.

—Por ejemplo, todavía no me has hecho el calientapiés —se enfada Suri.

—¡Y además llevas cinco días de retraso en los cuentos! —afirma Do Mayor.

Y como la conciencia de Sebastián es tan sutil como una telaraña, cede. Va a buscar el ovillo de lana, que es amarillo limón y se sienta. Cuenta cinco historias, una de una princesa, otra de Barbarossa, que era el emperador de la barba roja, dos de la luna y

otra de una tijereta. Le resulta bastante
difícil, pues no está acostumbrado a contar historias. Pero tampoco está acostumbrado a hacer punto y cada vez que
hace dos puntos se le escapa uno.

—¡Para! —dice Do Mayor de
repente—. No sabes. Tía Pimpernella
sabía todo —termina.

—Sí —confirma Suri—, y ade-
más tenía una cocinera, una asistenta,
un mecánico, una costurera y tres ni-
ñeras.

—Bueno —dice Sebastián—.
Ahora comprendo algunas cosas —deja el punto a un lado y va hacia la ventana—. ¡Mirad! —llama.

En el jardín, profusamente nevado, hay un cuervo solitario. Está subido encima de una gran bola y tiene
una pata escondida entre las plumas.

—Seguro que está enfermo
—piensa Sebastián.

Sale y se acerca para mirar al
animal. El cuervo inclina un poco la cabeza y se queda quieto. Sebastián le
coge cuidadosamente con ambas manos
y lo lleva a casa.

—Tiene una pata lastimada

—aclara a los niños—. Me gustaría pediros que os portarais bien.

Coloca una venda al gran pájaro negro, le coloca en la jaula y le da de comer.

—¡Todo estará en orden! —promete Do Mayor—. ¿Pero cómo le llamaremos?

—¡*Mimplifizimo!* —propone Sipi.

—¡Tú eres tonto! —dice Suri—. Mientras lo dices, se ha hecho de noche. ¡Se llama *Butz!*

—¡Le llamaremos *Ringelbim!*
—grita Do Mayor—. *¡Ringelbim!*

—Callad —dice Sebastián—.
Han llamado.

—*¡Krah!* —resuena dentro de la
jaula.

Y desde entonces el cuervo se
llama *señor Krah.*

El profesor Schlick está en la
puerta.

—Sebastián —dice—, estos niños son monstruos.

—Buenos días —dice Sebastián.

—Sebastián —continúa—, ¡mis
hijas están calvas! Hasta ayer eran unas
niñas con trenzas rubias, y ahora ya no
tienen pelo en absoluto.

—¡Pero eso es espantoso! —añade Sebastián—. Pero ¿cómo se puede
cortar todo el pelo a una niña sin que
ésta note nada?

—Deben de haberlas hipnoti-
zado —se figura el profesor.

—Eso no lo creo —Sebastián se
acaricia la barbilla—. Pero puede hablar
Vd. mismo con ellos. Pase.

Cuando Sebastián entr en la
habitación con el profesor, ésta ofrece

un aspecto inusitado. Los tres niños están sentados muy derechos uno al lado del otro y apenas ven al profesor Schlick, se levantan inmediatamente.

—¡Buenos días, señor profesor! —dicen como una sola boca y le alargan sus manos, pequeñas y sucias.

—Buenos días —contesta el profesor Schlick desconcertado. Y claro, con tanta amabilidad no puede empezar riñendo.

—Por favor —dice Suri y acerca una silla al profesor Schlick.

—Tome asiento —añade Sipi.

—Qué bien se está en su casa —dice el profesor—. Muy bien.

—También nosotros nos sentimos muy bien en casa del querido tío Sebastián —asegura Do Mayor—. ¿Puedo ofrecerle un pepinillo en vinagre?

—Gracias —contesta el profesor y como ha oído tantas cosas de los niños, está muy sorprendido.

—Voy a cantarles una cancioncilla —se ofrece Do Mayor.

A Sebastián le dan sudores. Se puede imaginar de qué clase es esta cancioncilla.

—Por favor —sonríe el profesor.

Y la niña de los ojos verdes coge la guitarra y canta:

«Cuando brilla el claro sol
Abren sus hojas las flores
Y los campos de colores
También se llenan de olor.

Si la noche va a empezar
Las pequeñas mariquitas
Agitando sus patitas
Sólo piensan en bailar.

Cuando aparece la luna
Los niños en sus colchones
Entonan bellas canciones
Y se duermen en sus cunas.»

Sebastián cree que ha oído mal. Pero el profesor pone una cara tan alegre, que la canción tiene que ser buena. El profesor encuentra tan encantadores a los niños de Sebastián, que se le olvida el motivo de su venida. Pero a Sebastián se le ocurre de repente algo completamente grandioso.

—Querido señor profesor Schlick —dice—, creo que ha llegado el momento de mandar a mis niños a su colegio.

El profesor Schlick, que hasta ahora no tiene más que dos alumnas, que son sus propias hijas, se sorprende mucho con la proposición.

—¡Oh, sí, Sebastián —afirma—, tienes razón. Mándame a los niños el lunes sin falta. Las clases empiezan a las nueve y media.

—Esto sí que nos alegra —dice Sipi hipócrita, y los otros inclinan la cabeza hasta que el pelo les tapa los ojos.

Cuando el profesor se levanta para irse, decide Sebastián acompañarle un rato.

—¡Nosotros también vamos! —gritan los niños.

Y todos juntos abandonan la casa. Ninguno se da cuenta que al final de la calle, entre los árboles aparca un gran coche plateado.

—¿Qué os pasa? —pregunta Sebastián cuando vuelve con los niños—. ¿Estáis enfermos?

—¡No! —gruñe Do Mayor—. Pero nos has jugado una buena pasada.

—Decidme —pide Sebastián—,
¿qué habéis hecho para dejar calvas a las
niñas del profesor?

—Querían peinados americanos
—dice Sipi—. Se estuvieron totalmente
quietas.

—Hasta que se vieron la una a la otra —añade Suri meditabundo.

—¡Basti! —llama Do Mayor cuando vuelven a entrar en su casa—, ¡quiero enseñarte las trenzas!

Abre el armario y durante unos segundos se queda como clavada en el suelo.

—Basti —resopla luego—. ¡No te asustes, pero el cofre ya no está!

La horrible huella

Sebastián no puede creer que la culpa de que haya desaparecido el cofre sea del extraño Mister X. Todos los delitos hasta ahora los habían cometido los niños, así que ahora también piensa que han sido ellos.

Pero éstos lo niegan.

Un día fastidioso terminaba. Hacia mediodía, los niños vertieron agua sobre la acera, de manera que se convirtió en una gigantesca pista de patinaje. La gente rodaba por el suelo como si fuesen garbanzos cuando se rompe la bolsa. Y naturalmente se fueron a quejar a Sebastián.

—¡Basti siempre está regañando!

—refunfuña Sipi—. Como si no fuese ya suficientemente difícil para nosotros estar continuamente pensando algo nuevo.

—Verdaderamente —contesta la pequeña Do Mayor—. ¡No es nada fácil ser original!

Más tarde pintarrajean de verde las ventanas de la Asociación Alemana de Fabricantes de Pinceles, y ahora están cansados. Suri tiene los pies fríos, Sipi quiere a todo trance un organillo, Do Mayor ha sacado al señor Krah de la jaula y el señor Krah se ha posado encima de la ensaladilla.

—¡Buenas noches Basti! —dicen los niños—. No te preocupes, no puede abrir el cofre. No tiene la llave.

Sebastián se calla. Atraviesa la habitación y abre la ventana. Un frío de nieve le rodea. En el cielo brilla la luna, plateada y clara, con un aspecto verdaderamente helado. Hasta las estrellas parece que tiemblan de frío.

De repente aparece una figura diminuta como una exhalación. El gato del anciano señor Zwirbel salta sobre el alfeizar de la ventana.

—Buenas noches —dice Sebastián—. ¿Sales con este tiempo?

—Miau —contesta el gato, mirándole con sus ojos grandes.

—Eres una criatura feliz —suspira Sebastián—. Todos son amables contigo. Conmigo siempre se están enfadando. Creo que hasta el señor Krah está aliado ya con ellos.

El gato se frota un poco contra las manos de Sebastián, luego se sostiene en las patas de atrás y le da un besito. Pero a pesar de esto Sebastián no es feliz. Más tarde, cuando ya se ha preparado la cama en el suelo del dormitorio con los almohadones y mantas, las preocupaciones le revolotean como una bandada de mosquitos. ¿Será capaz alguna vez de educar a los niños? ¿Dónde está el cofre? ¿Cuál es su contenido? Sin embargo, sus mayores preocupaciones son ahora, como antes, las chimeneas. Esto es fácil de entender, pues al fin y al cabo es deshollinador.

A altas horas de la madrugada se despiertan los niños.

—¡Tengo que subir a los tejados! —oyen decir a Sebastián en sueños—.

¡Tengo que subir a los tejados inmediatamente!

—¿Qué hacemos ahora? —pregunta bajito Suri a los otros.

Reflexionan un rato y al final tienen una idea.

A Sebastián se le pegan las sábanas a la mañana siguiente. A pesar de esto, los niños se levantan muy temprano.

—¿Habéis estado ya fuera? —pregunta Sebastián cuando ve sus huellas mojadas en la habitación.

—Sí —dice Sipi—. Hemos dado un paseo. El aire de la mañana es muy sano para los niños.

Sebastián le mira desconfiado. Desayunan todos juntos, y el señor Krah, que ya puede volar un poco, está posado en la cabeza de Do Mayor. Se siente extraordinariamente atraído hacia ella, seguramente a causa del timbre de su voz piensa que también es un cuervo.

Fuera, en el cielo, las nubes vagan como grandes edredones repletos de plumas.

—Hoy hay pescado —dice Sebastián.

—No nos gusta el pescado —dice Suri con la boca llena.

—Es posible —dice Sebastián—, pero a pesar de eso, hoy hay pescado.

Ha decidido cambiar de tono. Lo ha decidido al afeitarse, que es donde toma sus mejores resoluciones. Carraspea otra vez enérgicamente, y en ese momento llaman con furia a la puerta.

—¡Pase! —grita Sebastián.

—¡Nos asfixiamos! —grita la señora Biederbock inquieta, y manotea con su manguito—. ¡Toda la casa está llena de humo!

—En nuestra casa pasa lo mismo —se oye decir a una segunda voz—. ¡Ni siquiera podemos vernos nuestra propia nariz con tanta humareda!

Y la señora Schlick, tosiendo, grita también:

—¡Mañana Alegre se hunde! ¡El infierno ha abierto su garganta!

Todos los habitantes de Mañana Alegre, excepto el señor Biederbock, se han reunido delante de la puerta de la casa de Sebastián, y todos hablan de lo mismo.

El alcalde Biederbock, sin em-

bargo, está sentado en su despacho. Con un pañuelo, se tapa la boca y la nariz mientras medita. No duda ni un momento de que los responsables del humo son los niños de Sebastián.

—¡Estas maquinaciones tienen que tener un fin! —decide.

Y pueden estar seguros de que algo va a suceder, pues el alcalde Biederbock es un hombre de acción.

Sin embargo, el pobre Sebastián piensa:

—¡Seguro que todas las chimeneas están atascadas!

Se siente tremendamente culpable. Con las prisas sólo se coloca la chistera, empaqueta las largas escobillas de deshollinar y sale corriendo.

Los niños se sonríen irónicamente.

—¡Bueno, así por fin no comemos pescado! —grazna Do Mayor. Coge su guitarra y canta una canción.

«Un cowboy llamado John
Al sheriff en alto alzó
Y luego le volteó
El tipo era un gran bribón.

Un cowboy llamado John
Que siempre muy fuerte estaba
Mas sólo se alimentaba
De whisky, aguardiente y ron.

Un cowboy llamado John
Siempre se metía en enredos
Pero si movía un dedo
Temblaba la población.»

Mientras tanto el pobre Sebastián comprueba que todas las chimeneas del barrio Mañana Alegre están clavadas. Alguien ha clavado tablas cruzadas encima. Y para averiguar quién es el causante no necesita Sebastián romperse demasiado la cabeza.

Empieza a arrancar las tablas. Primero en casa del alcalde Biederbock, después en la del hotelero, en la de la Asociación Alemana de Fabricantes de Pinceles, en la del profesor Schlick y en la del anciano señor Zwirbel. Y como ya está en ello decide limpiar todas las chimeneas detenidamente.

Sebastián se siente muy triste mientras está arriba en los tejados, allí donde siempre se encontraba tan a gusto. Levanta la cabeza y mira hacia el cielo gris.

—Tía Pimpernella —llama—, ¿me oyes? —y como justo en ese momento llega una brisa, la toma por una contestación.

—Tía Pimpernella —continúa—, ¿cómo has podido hacerme esto? Ahora estás tú sentada en tu sillón celestial observándonos. Mi querida y buena tía Pimpernella, ¡envíame ayuda!

Después de decir esto, sigue limpiando las sucias chimeneas del barrio de Mañana Alegre y ya se siente un poco más ligero.

Llega el crepúsculo y desde el oeste se acerca una ventisca. Salta por encima de los pinos y los sacude. Arranca la chistera de la cabeza de Sebastián, mientras gime y grita como un perro infernal.

Sebastián tiene que agarrarse a las chimeneas con fuerza para no caerse. Se alegra cuando, por fin, ha terminado todo el trabajo.

Mientras tanto se ha hecho de noche, una noche negra, tormentosa e

inquietante. Sebastián baja, busca su chistera y se la vuelve a poner.

—Siento curiosidad —piensa—, ¡qué habrán organizado ahora!

El miedo le estremece y acelera el paso. Pero al llegar frente a su casa, donde cruza el camino que lleva al bosque se para. Por encima de la nieve hay una raya, una huella larga, que acaba en el bosque. Tres veces enciende Sebastián una cerilla y tres veces se la vuelve a apagar la ventisca. Con la luz de la cuarta consigue ver que la línea está compuesta de gotas de un rojo luminoso.

Sebastián siente un tremendo escalofrío en todo el cuerpo.

—¡Sangre! —suspira y se propone seguir la espantosa huella.

La invasión

Después de un rato de haberse ido Sebastián, les da hambre a los niños.

—Sueño con plátanos —dice Suri.

Está echado en el sillón de pana de flores azules y tiene las piernas extendidas hacia delante.

—No hay nada de eso —contesta Do Mayor—. Pero os voy a guisar algo bueno.

—¡Muy bien! —grita Sipi.

Saca al señor Krah de la jaula y cuelga dentro los arenques frescos de Sebastián. La pequeña Do Mayor revuelve en el armario y saca todo lo que le gusta. Diez rodajas de salchichón, almendras tostadas, panecillos, queso de Limburgo, miel, pepinillos en vinagre y toda clase de zumos de frutas. Mezcla todo en un gran puchero y añade una pizca de sal y una pizca de azúcar. Eso es lo que dice siempre en los libros de cocina. Coloca el puchero sobre el fogón y deja que se caliente. Diez minutos más tarde ya hierve a borbotones la comida sobre el fogón.

—Parece que ya está listo —dice Do Mayor, sorprendida ella misma de que se pueda guisar tan rápidamente.

—¡Apesta! —afirma Sipi.

—¡No puede apestar! —chilla furiosa—. Todo lo que lleva son cosas buenas.

Llena los platos con la comida.

—¡No! —grita Suri inmediatamente—. ¡No me lo puedo comer! Tiene el aspecto de ser salpicón de escobas con lágrimas de cocodrilo.

—Tienes razón —confirma Sipi, mientras se traga penosamente un poco—. También sabe a eso.

—¡Bueno —murmura Do Mayor ofendida—, ¡entonces me lo comeré yo sola!

Pero después del primer bocado, deja la cuchara a un lado y se levanta.

—¡Exquisito! —chilla con alegría forzada—. Pero verdaderamente no me puedo comer todo esto mientras el pobre pájaro tiene hambre. Ven señor Krah —le llama—, ¡ven!

Pero el señor Krah sólo moja su gran pico amarillo una única vez en el guiso singular de Do Mayor y después vuela dando horribles graznidos, atraviesa el cuarto y se posa sobre la lámpara.

—A lo mejor —sonríe irónicamente Sipi, debías de haberlo mezclado con un poco de serrín.

—¡O ceniza! —sugiere Suri.

Do Mayor niega con la cabeza.

—Muy fácil —dice—. Guardamos el guiso para Basti.

Los otros están de acuerdo. Vuelven a dejar todo sobre el fogón, y después muy contentos comen pan con azúcar.

—¿Qué hacemos ahora? —pregunta Suri.

—¡Alguna tontería! —contesta Suri—. ¿Pero qué?

Do Mayor rasguea su guitarra y piensa.

No resulta nada fácil. Han organizado tantas cosas estos últimos días, que sus ideas escasean.

—¡Vamos a embellecer la casa! —se le ocurre a Suri.

Meten astillas en el fogón hasta que se ennegrecen y con ellas empiezan a pintar todas las paredes. Hacen dibujos de Sebastián, del gato del anciano señor Zwirbel, pintan tres pinos maravillosos, a la señora Biederbock con su manguito, al profesor Schlick, al señor Krah y un barco de vapor. Como lo están dibujando especialmente bien, tardan toda la tarde en hacerlo.

—Ya anochece —dice de repente Do Mayor—. ¿Dónde estará Basti?

De repente, los tres empiezan a pensar qué sería de ellos si Sebastián los abandonara. Es una imagen muy desagradable y se miran perplejos.

—No tengo ganas de pintar más —dice Suri.

—¡Escuchad cómo sopla el viento! —Do Mayor levanta los hombros tiritando.

—La chimenea también se ha apagado —hace constar Sipi—. Lo mejor sería que nos fuéramos a la cama.

Meten al señor Krah en su jaula y le tapan con el medio traje de noche de tía Pimpernella. Después cogen sus instrumentos musicales y suben las escaleras.

—¿Cantamos un poco? —pregunta Suri desanimado.

—No —chilla la pequeña Do Mayor lastimosa—. No tengo ganas —y empieza a llorar con fuerza.

—¿Pero qué te pasa? —preguntan los chicos sin saber qué hacer, mientras la rodean.

—Necesito algo que me alegre —solloza Do Mayor—. Y además enseguida, si no me voy a pique.

—¡Eso está hecho! —grita Sipi—. ¡Callad!

Mira alrededor del cuarto.

—Ya sé —dice—. ¡Vamos a hacer nieve!

Enseguida saca su navaja del bolsillo y se dedica a rajar todos los almohadones, mientras, Suri mete las dos manos dentro y tira las plumas por el aire. Son tan ligeras como una preocupación de primavera. Resulta muy bonito y pronto está todo el dormitorio intensamente nevado. Ya vuelve a reír Do Mayor y coge las flores de su sombrero y también las esparce por el suelo.

Cuando al final se cansan ya de tanta alegría, apagan la luz y se meten en la cama. Fuera aúlla la ventisca. Resulta como si fuera un gigante que apretara el tejado rodeado con sus dos brazos, para romperlo de una sacudida. Desde la ventana se ve la noche muy negra.

—Como un inmenso tintero —piensa Suri.

Están todos despiertos cuando Do Mayor se endereza.

—Sipi —susurra—, ¡oigo pasos!

—Será Basti —murmura Sipi—. ¡Duérmete!

Entonces graja el cuervo tres veces. La casa resuena de forma inquietante. Los niños miran fijamente dentro de la habitación completamente oscura y oyen los pesados y fuertes latidos de sus corazones, también oyen la ventisca. Pero entonces oyen algo más. Muy des-

pacio. Muy despacio abre alguien la puerta de la casa. Las bisagras rechinan un momento.

—No es Basti —cuchichea Suri asustado—, encendería la luz. ¿Qué hacemos?

Desde abajo llega hasta arriba el suave sonido de pasos en la oscuridad. Sipi siente que algo le atenaza la garganta, como si se hubiera tragado un edredón de plumas.

—Es muy fácil —susurra la pequeña Do Mayor resuelta.

Se desliza silenciosa de la cama y va a buscar su guitarra.

—¿Adónde quieres ir? —pregunta Suri con voz contenida.

En la oscuridad todas las cosas le parecen fantasmas.

—¡Abajo! —gruñe Do Mayor—. ¿Qué os creéis? ¡No podemos tolerar que robe el traje de noche de tía Pimpernella o todo lo nuestro!

—Es demasiado peligroso —susurra Sipi—. ¡Si por lo menos tuviéramos aquí el revólver!

—Nos deslizaremos por el pasamanos de la escalera —ordena Do Ma-

yor en voz baja—. Los escalones pueden crujir.

—¡Do Mayor! —suplica Suri.

Pero a la niña ya no hay quien la pare. ¿Qué otro remedio les queda si no obedecerla?

Quien abandona a un amigo en el peligro, no tiene derecho a respirar aire puro, piensa Sipi. Y a Suri se le ocurre algo parecido.

Sin ruido se deslizan por el pasamanos, Do Mayor delante. La puerta de la cocina está abierta. Entonces descubren en la oscuridad la silueta de una gran figura que está en cuclillas en el suelo y revuelve en el último cajón del armario de la cocina.

Do Mayor da dos o tres pasos silenciosos, de gato, después levanta la guitarra y da un potente golpe con ella.

La mano que agarra

Todo lo demás sucede extraordinariamente deprisa. Suena un grito, el ladrón corre y desaparece a grandes saltos por la puerta de la casa hacia el exterior.

—Nos lo hemos quitado de encima —opina Do Mayor y observa su guitarra.

Suri echa el cerrojo de la puerta y enciende la luz. ¡Sipi está tirado, todo lo largo que es, en el suelo!

—¡Le has dado! —grita Suri asustado.

—No —asegura Do Mayor—, sólo se ha desmayado.

Le vuelca un pequeño balde de

agua sobre la cabeza y en seguida está otra vez de pie.

—¡Sólo puede haber sido Mister X! —Suri se estremece.

—Sí —dice Do Mayor—, seguro que ha venido a buscar la llave del cofre.

Se sientan y hablan del asunto.

—Si la llave es tan importante para él —opina Sipi—, es que el cofre contiene algo valiosísimo.

—Y si el cofre contiene algo valiosísimo —continúa Suri—, tenemos que recuperarlo.

Cuando llegan a esta conclusión, unos pasos vuelven a aproximarse a la casa. Pero esta vez es Sebastián el que llega. Tiene una cara muy enfadada y además está lleno de hollín.

—¡Basti! —chilla Do Mayor—. ¡Ha entrado un ladrón!

—¡Dejadme de historias! —gruñe Sebastián—. Ya estoy completamente harto de vosotros! ¡Clavar todas las chimeneas! ¡A ningún niño normal se le ocurren semejantes cosas!

Echa una ojeada por toda la habitación y parece que ninguno de los artísticos dibujos son de su agrado.

—¡Naturalmente, todas estas huellas eran vuestras! —continúa enfadado—. ¡Hasta lo más profundo del bosque las he seguido! Y parecía enteramente sangre. ¡Mermelada! —balbucea con los labios apretados.

¡Pero no! Realmente los niños no saben nada de esto. Se imaginan la relación que tiene con el asunto. El misterioso Mister X ha debido colocar las huellas para alejar a Sebastián de la casa durante un rato. Por supuesto no se atreven a aclararlo, pues justo en ese momento ha levantado Sebastián la tapa del puchero que contiene la primera experiencia culinaria de Do Mayor.

—¡A la cama! —ruge Sebastián—. ¡De prisa, a la cama! ¡Y no os quiero volver a ver en mucho tiempo!

Al día siguiente es domingo.

Por la mañana temprano, el alcalde Biederbock, limpia sus gafas, hasta que están tan brillantes como un lago a la luz del sol.

—Apolonia —dice a su mujer— ten la amabilidad de convocar a toda la gente en mi despacho.

Y al poco rato, allí están reunidos todos los habitantes del barrio de Mañana Alegre.

—Estimados ciudadanos —les dirige la palabra el alcalde—. Como todos ustedes saben, hay tres niños haciendo de las suyas. Sebastián el deshollinador a quien pertenecen, es evidente que no puede con ellos. Pero como no está bien que se porten como salvajes y que en definitiva además nos perjudiquen, debemos tomar una determinación.

—Propongo que les demos una paliza —sugiere el hotelero—, ¡y enérgica de verdad!

—No —dice el anciano señor Zwirbel, y se acaricia su perilla gris—. Con violencia no se mejora nada en el mundo. ¡Ni siquiera unos niños mal educados!

—Yo no los encuentro tan malos en realidad —se deja oír el profesor Schlick—. A lo mejor se debía hablar con ellos.

—¡Ja! —ríe la señora Biederbock—. Es igual que hablar con una tapia. ¡No sirve para nada!

—Así es —confirma su marido, el alcalde Biederbock—. Y como esto no sirve de nada, quiero hacerles una proposición: ¡Vamos a castigarlos con el desdén! A lo mejor así se vuelven razonables. Desde hoy vamos a actuar como si los niños no existieran. Vamos a vivir como antes, cuando todavía todo era agradable en el bonito Mañana Alegre.

Y al final todos están de acuerdo con esto.

Durante todo este tiempo, Sebastián, callado y con aspecto amenazador, ha estado cosiendo los almohadones, cerrándolos otra vez. Como después de la comida sigue sin decir ni una sola palabra, los niños, agobiados, abandonan la casa.

—¿Qué podemos hacer? —pregunta Suri y se rasca su crespa cabeza.

—Debemos esperar hasta que oscurezca —dice Sipi—. Entonces buscamos el cofre.

—Eso puede tardar todavía mucho —opina Do Mayor y mira hacia arriba, al cielo.

Vuelve a nevar. Suaves e ince-

santes revolotean los grandes copos al
caer.

Los habitantes de Mañana Alegre
permanecen en sus casas. Están sentados delante de la chimenea y se alegran
de que sea domingo.

El alcalde Biederbock lee el pe-
riódico dominical, y su mujer borda
rosas en un mantel mientras pasa re-
vista mentalmente a las últimas nove-
dades de Mañana Alegre. El hotelero
del albergue «El caracol» tiene las manos
cruzadas sobre su barriga y escucha mú-
sica en el gramófono. Se encuentra
bien. Pero si no le dolieran los riñones
por tener que dormir en la bañera, se
encontraría todavía mejor.

El señor Pincel ha encendido
una vela color de luna, la familia del
profesor juega al parchís y el señor Zwirbel está echado sobre el sofá con el gato
dorado. Lee un libro sobre China. Y
como es un anciano muy sensible se
toca de vez en cuando la coronilla por
si le ha crecido ya una coleta de chino.
Su hija Angela en cambio permanece
sentada, completamente quieta. Está
soñando con los caprichos del azar.

—¡Tengo una idea! —cuchichea Do Mayor y se la comunica a los otros.

De repente organizan un griterío atroz:

—¡Se hunde el mundo! —braman—. ¡Sálvese quien pueda!

Pero si estaban esperando que todo el mundo se precipitara a las ventanas para ver si el cielo se caía ya sobre la tierra, o por lo menos para reñir, se han equivocado. Los habitantes de Mañana Alegre se atienen a las instrucciones de su alcalde.

—Deben de estar muy entretenidos —opina Sipi, de puntillas se acercan a las casas, husmeando lo que pasa dentro.

Se miran desconcertados. ¿Es tan interesante leer libros, escuchar el gramófono o jugar al parchís?

Los niños se alejan silenciosos.

A la simpática Angela se le mezclan los sueños del azar. Una y otra vez tiene que pensar en Sebastián, que seguramente tiene dificultades con estos niños. A Angela le gustan mucho los niños y le gustaría mucho poder ayudar un poco a Sebastián en su educación.

También le gusta Sebastián el deshollinador, le gusta tanto que en cuanto piensa en él, le empieza a palpitar el corazón. ¿Pero qué puede hacer? La verdad es que son vecinos, y que cuando se encuentran, se saludan siempre con especial amabilidad. ¡Pero no puede ir sin más ni más a su casa!

Sipi, Suri y Do Mayor trepan desanimados por los grandes árboles. Y cuando por fin se han roto total y completamente los pantalones, llega el momento de la realización de sus planes.

—¡En marcha! —ordena Sipi—, está anocheciendo.

Se acercan al albergue y espían a través de la ventana del comedor.

—Mira, ahí está sentado Mister X —dice Suri—, ¡Y Kittekitt se acurruca a su lado!

Así es. Mister X y la elegante Kittekitt están cenando juntos.

—¡El lleva el postre en la cabeza! —se asombra Sipi—. ¿No es esa una costumbre muy extraña?

—¡Es verdad! —dice Suri—. Parece una pera.

—¡Pero no lo es! —ironiza Do

Mayor—. ¡Lo que estáis viendo procede de mi guitarra!

En realidad se trata de un ejemplar extraordinario de chichón.

—¡Venid! —dice Sipi—. Vamos a trepar por la ventana de atrás.

Se deslizan dentro de la casa y pronto desaparecen sin dejar más rastro que las pequeñas huellas en la nieve. Arriba en la habitación de Mister X tardan un buen rato en encontrar el cofre. ¡El exquisito señor lo ha escondido debajo del colchón!

—Estoy asustado —dice Suri y saca del lavabo una zapatilla chorreando—, ¡Hemos revuelto todo completamente!

—¡No importa! —añade Do Mayor y abraza el cofre con fuerza—. Lo más importante es...

De repente enmudece.

Abajo en la casa todo cobra vida. Se cierran puertas y se aproximan pasos.

—¿Qué hacemos ahora? —balbucea Suri.

—¡Tiene que haber una escalera de incendios en alguna parte! —murmura Sipi—. ¡De prisa!

Tienen suerte. La escalera de incendios pasa justo por delante de la ventana. Do Mayor trepa hacia afuera y Suri desaparece detrás. Sipi corre hacia el interruptor y apaga la luz. Después baja también. Agil, se desliza hacia abajo por los finos peldaños de hierro, pero justo cuando va a apoyar el pie izquierdo sobre el suelo, siente una mano pesada sobre su hombro.

Mister X entra
en el círculo

—¿Qué estabas haciendo en mi habitación? —pregunta el inquietante Mister X con falsa y empalagosa amabilidad.

—¡Manos arriba! —resuena una voz fuerte y profunda desde la oscuridad.

Por espacio de un segundo, el hombre pierde la serenidad. Y éste es suficientemente largo para Sipi. Con un par de saltos grandes desaparece.

—Bueno —se ríe Suri—, ya te he vuelto a salvar, ¿no?

Sipi le da un puñetazo amistoso en el pecho, que quiere decir tanto como «gracias».

Rápidos se vuelven los niños a casa. Sebastián ya está dormido. Encierran el cofre en la cómoda y se van también a la cama.

A la mañana siguiente, se levanta temprano. Se enrolla su bufanda, que es tan verde como una pradera en primavera y se asoma a la ventana. Las casas de Mañana Alegre tienen el mismo aspecto de siempre. Esto le tranquiliza porque por la noche ha soñado que los niños las habían hecho volar por los aires.

—¡Lunes! —cae en la cuenta—. ¡Tienen que ir al colegio!

Pero cuando llega a la cama se asusta. ¡Los tres tienen la cabeza fuertemente vendada!

—Basti —dice Suri ronco—, es la gripe.

—El cofre está en la cómoda —dice Sipi como con sus últimas fuerzas.

—¡Té! —suspira Do Mayor—. ¡Té!

Y el señor Krah se acurruca sobre su edredón y tiene un aspecto de lo más enfermizo.

Por un instante la rabia de Se-

bastián contra los niños desaparece. Va a la cocina y pone agua a calentar. Pero desde arriba le llegan ahora risas contenidas y se da cuenta de todo. Su primer pensamiento es precipitarse hacia arriba y dar su merecido a los culpables. Le gustaría molerles a palos, por lo menos entonces tendrían un motivo para quedarse en la cama.

Cuando ya tiene el picaporte agarrado, deja caer la mano. No, no puede hacerlo. ¡Sebastián no puede pegar a unos niños pequeños! Se acurruca en la mesa y apoya la cabeza en las manos.

—Van a acabar conmigo —murmura—. No voy a poder con ellos —y reflexiona cómo va a poder continuar.

—¿Qué va a ser de unos niños que nunca quieren hacer más que lo que les divierte? ¿De unos niños que no tienen ninguna consideración hacia otras personas? Más tarde serán adultos desgraciados, piensa, pues nadie les tendrá cariño.

Y como Sebastián no puede ser responsable de esto, toma una decisión trascendental.

—Cederé a los niños —se dice a sí mismo—. Quizá sea mejor para ellos vivir en una verdadera familia. Necesitan una madre.

Coge una hoja de papel del cajón de la mesa y escribe cuidadosamente sin pensarlo más.

—Se ceden niños —escribe con grandes letras verticales, y después de reflexionar un poco añade: «Sólo en buenas manos». Y la palabra «buenas» la subraya tres veces. Se pone la chistera pero se la vuelve a quitar enseguida para sacar de dentro tres tomates podridos. Después sale.

Fuera todo está silencioso y claro. El sol ha salido y hace que Mañana Alegre esté tan bonito como un pueblo de un libro de fotografías. Pero Sebastián no se fija. Con el corazón oprimido llega hasta el pino grande de la entrada al barrio y clava su nota. Se queda parado un momento y mira hacia el cielo.

—Tía Pimpernella —dice bajito—, tienes que comprenderme. El que luego sean adultos desgraciados, eso tampoco puedes quererlo tú.

Luego se vuelve Sebastián a casa.

—Dónde estará Basti —cavila Do Mayor—. ¡Ni siquiera nos ha traído el té!

—Creo que se ha dado cuenta —opina Sipi pensativo—. Y ahora se habrá enfadado otra vez.

—No —Suri mueve la cabeza—. Está triste.

—¿Por nuestra culpa? —dice Do Mayor en voz baja.

Los chicos no contestan y durante un buen rato reina el silencio.

—Yo me levanto —decide Sipi al cabo de un rato—. ¡Ya es tarde para ir al colegio!

Se levantan de la cama y bajan.

—¡Hola Basti! —gritan alegres cuando Sebastián entra en la habitación—. Ya estamos un poco mejor.

—¿De veras? —contesta Sebastián taciturno.

Abre la llave de la cómoda y saca el cofre. Alguien ha intentado forzarlo. Claramente se ven arañazos recientes.

—Basti —empieza Sipi—, lo hemos vuelto a robar.

La pequeña Do Mayor le da un

puñetazo en los riñones para que no se atreva a seguir contando.

Más de una hora permanece Sebastián trasteando en silencio y los niños observan todos sus movimientos y se sienten tan desgraciados como perro sin amo. Esta es una sensación completamente nueva para ellos.

Mientras tanto los habitantes del barrio de Mañana Alegre han leído la nota de Sebastián.

—Esto sí que tiene gracia —opina la señora Biederbock—. ¿Quién va a querer unos niños tan molestos?

Los demás asienten.

—Verdaderamente —dice la mujer del profesor—. Son capaces de arrancarle a uno la nariz.

Angela está pensativa. Se le pasa por la imaginación que ha llegado el momento de ayudar un poco a Sebastián el deshollinador. Pero como ella opina que se debe meditar todo bien antes de hacerlo, se va primero a su casa.

Hacia mediodía, cuando la gente está comiendo, un personaje solitario se acerca a casa de Sebastián.

—Han llamado —dice Suri y deja caer la cuchara en la sopa.

—¡No os mováis! —ordena Sebastián—. Voy yo. Además, creo —añade aún—, que algo va a cambiar para vosotros. ¡Pero vosotros mismos os lo habéis buscado!

—¡Adelante! —grita luego y abre bien la puerta.

Los niños abren mucho los ojos y sus caras se quedan más blancas que la pared. Delante de ellos está el misterioso Mister X.

Angela encuentra
la llave

—Buenas tardes —dice y levanta ligeramente su sombrero flexible.

Por segunda vez tiene Suri la impresión de que conoce a este Mister X de algo. Pero en este momento está demasiado excitado para pensar profundamente en ello.

—He leído su nota —empieza a decir el desconocido y mira a Sebastián por debajo de sus espesas cejas—. Si quiere ceder a los niños, me gustaría quedarme con ellos.

Sipi, Suri y Do Mayor sienten como sus corazones se encogen dolorosamente. Sebastián ya no les quiere. ¡Se quiere separar de ellos! Por primera vez en su vida se sienten desgraciados. La pequeña Do Mayor nota como le pican los ojos y los chicos se muerden los labios.

—Lo mejor será —oyen decir a Mister X—, que empaquete enseguida todas sus cosas. ¡Pero no se olvide de nada! Ya se sabe el apego que tienen los niños a sus trastos. Empaquete usted bien todo y dentro de una hora estoy otra vez aquí para recogerlos. Vendré con mi gran automóvil —añade—, tendremos sitio suficiente.

Sebastián se calla. Como a través de cien capas de niebla divisan los niños su cara estrecha y amable, que ahora parece tan seria.

—¡Justamente tenemos que irnos con este tipo! —piensan horrorizados—. Quién sabe si al final no tiene intención de retorcernos el pescuezo.

Y el miedo se les mete por todo el cuerpo, como si fuera un gusano largo y helado.

—¿Está usted de acuerdo? —pregunta Mister X dulce.

Sólo en buenas manos, piensa Sebastián.

Pero Mister X no tiene buenas manos. No, los dedos largos y huesudos del desconocido no le gustan nada en absoluto. No le gusta su nariz, ni sus ojos y ni siquiera le gustan las puntas de sus zapatos. ¡No piensa encomendarle a los niños!

—Querido Mister X —dice—. Me alegro mucho de que haya venido. Pero he cambiado de opinión. No le puedo dar a los niños.

La amabilidad desaparece de la cara del desconocido.

—¿De veras? —dice ofendido, se da la vuelta y desaparece sin más palabras.

—Basti —empieza Do Mayor tímida, pero Sebastián asiente.

—Podéis salir a jugar —dice un poco malhumorado—. Todo lo demás ya lo decidiremos.

Los niños salen de puntillas.

—No se lo ha propuesto nunca en serio —dice Sipi—. Sólo quiere asustarnos.

—Sí —asienten los otros—. Sí, sí.

Pero no están muy seguros.

Cuando van a cruzar la calle, se encuentran al profesor Schlick enfrente.

—¡Huy! —susurra Suri—. ¡Nos va a empezar a reñir!

Pero el profesor les mira y parece que no les ve. Mudo, pasa por delante de ellos.

¡Qué raro!, piensan los niños, pero se sienten aliviados.

Más tarde, cuando el hotelero del albergue «El Caracol» también hace que no les ve y cuando hasta el simpático anciano señor Zwirbel no contesta a su saludo, empiezan a no sentirse bien.

—Sipi —rezonga Do Mayor—. ¿Me ves?

—¡Vaya tontería! —dice Sipi—. ¿Por qué no te iba a ver?

—Sólo pensaba —dice Do Mayor desalentada—. Pensaba que a lo mejor nos habíamos vuelto invisibles.

—¡Pero bueno! —dice Suri—. ¡Ya verás como nos ven!

Coge una lata de conservas vacía y la ata a una cuerda larga. Se acerca despacio a la señora Biederbock, que está parada delante de la tienda miran-

do el escaparate y ata la cuerda con cuidado a su bolsa.

Hace un ruido loco cuando la señora del alcalde empieza a moverse. Pero si los niños habían pensado que se asustaría, daría gritos y empezaría a reñir, se han equivocado. Se agacha, deshace el nudo de la cuerda y sigue como si no hubiera pasado nada.

—Ya nadie nos mira —dice Suri de repente sin voz—. Estamos proscritos.

—¿Qué es «proscritos»? —pregunta Do Mayor.

—Eso es —aclara Sipi despacio—, cuando nadie quiere cuentas con uno.

Se miran a los ojos, dan media vuelta serios y trotando se vuelven callados a casa.

Sebastián tiene visita. La simpática Angela está con él.

—Sebastián —le ha dicho y ha sacado del bolsillo una nota arrugada—. Esto ya no es necesario.

—¿Pero qué va a pasar entonces —se queja Sebastián.

Angela sonríe.

—Si te parece —opina—, te ayudaré un poquito. Entre los dos a lo mejor conseguimos que los niños se conviertan en unos hombres de provecho.

—¿Quiéres hacer eso? —pregunta sorprendido Sebastián y mira a Angela fijamente.

Entonces se da cuenta por primera vez de lo guapa que es y tan alegre como una melodía de vals. Tiene los ojos color tabaco y unos rizos preciosos.

—Sí —dice con sencillez—. Quiero hacerlo.

Al poco rato llegan los niños.

—Buenas tardes —saludan educados.

—¿Nos vas a regalar ahora a Angela? —pregunta Do Mayor sobresaltada.

—No —contesta Sebastián—. No os voy a regalar a Angela.

—¿Quieres decir —pregunta Sipi receloso—, que nos vendes?

Sebastián mueve la cabeza.

—Angela se va a ocupar un poco de nosotros.

A los niños se les aligera el corazón.

—Basti —dice Suri despacio—, la gente nos desprecia.

—Eso no asombra nada —contesta Sebastián.

—¡Pero no es posible! —opina Sipi —nadie nos puede aguantar.

—¡Actúan como si no existiésemos! —añade Do Mayor—. ¡Hasta los niños del profesor! Se deslizan en trineo, tres veces les hemos volcado, ¡pero continúan sin hacernos caso!

—¿Por qué pasa esto de repente? —pregunta Suri.

—Esto pasa porque no organizáis nada más que tonterías —contesta Angela—. A la gente esto ya les resulta muy pesado.

—Si no organizamos cosas, nos aburrimos —refunfuña Sipi.

—¿Quién dice que no organicéis cosas? —se ríe Angela—. Yo en vuestro lugar me iría sencillamente a montar en trineo un rato.

Los niños van a buscar los trineos y se marchan malhumorados. Después de haber dado con habilidad un par de veces con las narices en la nieve, empieza a hacerles gracia el asunto.

Hora tras hora se deslizan alborotando, y cuando por la noche llegan a su casa, han pasado por primera vez toda una tarde sin haber organizado nada. Y están más cansados que nunca. Tan cansados que seguro que por la noche tampoco van a organizar nada.

—Creo —dice Angela—, que ha llegado el momento de que os lavéis.

—¡Pero si estamos limpios! —grita Do Mayor horrorizada.

Pero Angela riéndose la coge por el cuello y desaparece con ella en el dormitorio. Quita a la pequeña Do Mayor el traje por la cabeza y descubre un cuello muy sucio y alrededor del cuello sucio, una cadena fina de oro. Y de la cadena cuelga un amuleto.

—¿Qué hay dentro? —pregunta Angela.

—Una foto de tía Pimpernella —Do Mayor tiembla pues la horroriza tremendamente el agua fría.

Angela abre el amuleto y pone cara de asombro.

—No hay ninguna foto —hace constar y enseña a Do Mayor lo que ha encontrado.

La niña entonces se porta de una
manera muy rara. Baja las escaleras
como una salvaje, en camisa, gritando
a todo pulmón.

—¡Basti, Sipi, Suri! ¡La llave
está aquí!

¿Qué va a hacer Sebastián?

Seis ojos la miran fijamente.

—¿De verdad? —pregunta Sipi desconcertado.

Do Mayor le tiende la diminuta llave.

—Tía Pimpernella debe haberla escondido en mi amuleto.

—¡Oh maravillosa maravilla! —piensa Sebastián. Apenas ha llegado Angela a casa y ya está todo en orden. Seguro que es la ayuda que me envía tía Pimpernella y que yo le he pedido.

—Mira a ver si sirve —dice Suri.

Sebastián va a buscar el cofre a la cómoda y lo coloca en medio de la mesa.

—Estáis cansados —opina Angela—. Mañana os enteraréis de todo. Os propongo que os lavéis el cuello y os vayáis a la cama.

—¡No! —braman los niños.

—Bueno —dice Angela—. Como queráis. Pero si ya el primer día sois así de antipáticos, no vuelvo a venir.

—Nos quiere educar —rezonga Suri poco amable.

Angela se ríe.

—No se qué entendéis vosotros por educar —dice—. Sólo quería ayudaros. ¿Teneís o no problemas con la gente? Y además había pensado guisar para vosotros y divertiros. Porque lo creáis o no, os quiero mucho.

Y como por el momento Angela parece ser la única persona que les quiere, deciden no estropearlo.

—¡Bueno! —grita Do Mayor—. Vámonos. ¡Buenas noches!

Suben los tres la escalera. Pero no se lavan el cuello y además se proponen escuchar. Mas como están tan cansados como osos en invierno, en cuanto se acuestan se duermen.

Sebastián mete la llave en la pequeña cerradura. Siente frío en la espalda, de la agitación, y lo mismo le pasa a Angela. Un segundo o dos más y sabrán lo que contiene el misterioso cofre. Pero la cerradura se ha oxidado y no es tan fácil conseguir que se abra.

—Sé prudente —murmura Angela—. ¡No se vaya a romper la cerradura!

—¡Atiende! —cuchichea ahora Sebastián—. ¡Ya está!

Y en este momento, chirriando, salta la tapa del viejo cofre. Ambos se se frotan los ojos. No hay ningún tesoro, ni siquiera se puede descubrir el más pequeño rastro. El interior del cofre está completamente vacío a excepción de una nota que no tiene aspecto de nada extraordinario. Está dentro, cuidadosamente doblada, y Sebastián titubea un momento antes de decidirse a sacarla.

«*Querido Sebastián*», lee, mientras Angela lo hace al mismo tiempo por encima de su hombro, «*ya has lavado el cuello a la pequeña Do Mayor, y seguro que ya era hora. Este cofre debería contener en realidad un cheque por valor de cien mil dólares de oro, pero después he cambiado de opinión y he llevado los cien mil dólares de oro al Banco de Nueva York. Querido Sebastián, los niños han estado contigo un poco, y en este tiempo tendrás ya seguro una idea clara de si realmente los quieres. Si de verdad has decidido quedarte con ellos, hoy, mañana y siempre, da cuenta de tu decisión al Banco de Nueva York. El banco enviará entonces mis cien mil dólares de oro al Hogar Plinkerton. Es un gran orfelinato en la misma ciudad.*

Pero puedes decidir otra cosa. A lo mejor no puedes con los niños y estás pensando ¡cómo ha podido la anciana tía Pimpernella hacerme ésto! Antes de que seáis desgraciados mis retoños y tú, viviendo juntos, debéis separaros. En ese caso, querido Sebastián, lleva a los niños al Hogal Plinkerton. Allí les irá muy bien. Esta decisión comunícasela también al banco. Y el banco te girará inmediatamente los cien mil dólares de oro.

Ya ves, querido Sebastián, que

en cualquier caso quería dejarte algo
que te alegrara. Ahora toma una deter-
minación y recibe un saludo de tu

Tía Pimpernella

Sebastián y Angela se miran fijamente. Un silencio, pesado como la nata batida, reina en la habitación. Parece que se puede cortar con un cuchillo. ¿Qué hará Sebastián?

—Angela —dice de repente—, si quieres que te diga la verdad, tengo que reconocer que me gustan más cien mil dólares de oro que estos niños. En realidad no me dan más que disgustos. ¡No tardaré mucho tiempo en estar lleno de canas!

Angela asiente.

—Ya te entiendo —opina—. Pero dime Sebastián —continúa luego—, ¿qué hacías tú cuando tenías su edad?

—¿Yo? —pregunta Sebastián—. ¿Qué que es lo que yo hacía?

—¿Eras invariablemente formal? —quiere saber Angela.

Sebastián se calla. Se sumerge en sus recuerdos. ¿No había serrado la pata de la silla del maestro? ¿No le echó polvos de pica-pica a la vecina en el escote de la espalda? Y el asunto de los ratones, con el que sus primas pequeñas cogieron una perra horrorosa, ¿no fue la obra de un joven llamado Sebastián?

—No —dice ufano—, no lo era. Pero tampoco era siempre travieso.

—¿Y por qué no? —pregunta Angela sonriendo.

—Porque mis padres... —comienza Sebastián.

—¡Justo! —le interrumpe Angela—. ¡Tú tenías padres! Sipi, Suri y Do Mayor son huérfanos. Y la anciana tía Pimpernella no era tampoco la persona más adecuada para educarlos. Así que inevitablemente han vuelto a su estado primitivo. ¿Pero es ésto culpa de los niños?

—Debes tener razón —admite Sebastián—. Por eso tuve la idea de acomodarlos en una verdadera familia. Necesitan un padre y una madre.

—Ya tenían un padre —Angela da unos tirones al mantel—. Quiero decir, si los quiere conservar.

—¡Huy! —suspira Sebastián. De repente levanta la cabeza y mira a An-

gela a los ojos color tabaco. Se le ha
ocurrido una idea.

—Angela —tartamudea—, ¿quieres ser tú mi madre? quiero decir —se
corrige—, ¿quieres ser la madre de los
niños? Entonces —añade—, seríamos
una verdadera familia.

Angela se queda callada un instante. Siente que la suerte está ahora
muy cerca.

—Sebastián —pregunta tan suavemente como si un pétalo cayera de
un árbol—, ¿entonces me quieres un
poco?

Sebastián se siente tremendamente confuso. ¿Es que no se lo ha dicho?

—Angela —aclara—, desde hoy
a mediodía, te quiero. Y a lo mejor te
quiero desde mucho antes, pero no me
había dado cuenta.

Así es como Sebastián más tarde,
después de haber acompañado a Angela a su casa, va todavía al buzón de
correos a echar una carta.

«*Estimado Banco*» pone en la
carta, «*quiero conservar a los niños. Por*

*favor, envíe los cien mil dólares de oro
de tía Pimpernella al orfanato Plinkerton
de Nueva York. Con afectuosos saludos,*

> *Sebastián, deshollinador en el
> barrio de Mañana Alegre»*

Después se va feliz a su casa.

Detrás de una ventana de la hostería «El Caracol» está el bigotudo Mister X mirándole.

¡La barba desaparece!

A la mañana siguiente, cuando los niños bajan, ya está Angela allí. Hace calor en la habitación, el cacao está sobre la mesa y el señor Krah se acurruca en el borde de la ventana y tiene los ojos tan relucientes como ascuas de acero.

—Buenos días —sonríe Angela—. Si os laváis voluntariamente, os contaré lo que había en el cofre.

Y como la curiosidad es más difícil de aguantar que un dolor de barriga, suben los niños decididos otra vez la escalera y se lavan un poco.

Durante el desayuno les cuenta Angela la nota de tía Pimpernella y lo

que han decidido Sebastián y ella. Sipi,
Suri y Do Mayor sienten tanta felicidad
que hasta tienen calor como en una tarde de agosto. Les gustaría reír y chillar,
o dar abrazos a Sebastián. Pero no hacen nada. Esto es seguramente porque
se sienten avergonzados. Pues ¿se mere-
cen verdaderamente que Basti les quiera
conservar a pesar de todo?

Ligeros como una flecha india, se
precipitan hacia la puerta. Y después
de haber corrido un poco, recuperan la
voz.

—¡Vamos a tener una madre!
—gritan y también—: ¡Basti nos prefiere a cien mil dólares de oro!

En su entusiasmo no han notado
siquiera que además de ellos alguien
ha abandonado la casa. El negro Krah
se ha escabullido a la velocidad del rayo.

—Ya está sano —dice Sebastián—. Y ahora prefiere ser libre.

Angela asiente con la cabeza.

Cuando los niños se quedan sin
aliento de tanto andar y gritar, se callan.

—Creo —dice al final Suri, como para sí mismo—, que debemos dar
una alegría a Basti.

—Podríamos prometerle que vamos a ser mejores —decide Sipi.

—¡Palabras! —chilla Do Mayor despectiva—. ¡Es mejor hacer algo!

—¡Ya lo sé! —dice Suri—. Nos reconciliaremos con la gente. Así de una vez, se alegrarán todos.

—¿Y cómo podremos conseguir eso? —pregunta Do Mayor, mientras saca uno de sus zapatos de entre la nieve.

—¡Muy sencillo! —dice Sipi.

Se lo aclara a los otros. Pronto se puede ver a los niños de Sebastián en una tarea desacostumbrada: ¡están quitando la nieve de delante de las casas! y aun cuando al cabo de tres minutos ya les duelen los brazos, siguen limpiando. Al final han amontonado una gran cantidad de nieve.

—Con esto vamos a hacer un muñeco de nieve para la gente —propone Do Mayor—. A lo mejor les hace gracia.

Forman una gran barriga, dos brazos y una cabeza. Sobre la cabeza colocan el sombrero de Do Mayor, que además le sienta al muñeco de nieve

considerablemente mejor que a la niña.

Cuando los niños quieren volver a casa, aparece por la esquina el gran coche plateado. Reclinada en el respaldo va Kittekitt, sentada junto a Mister X. Cuando el coche pasa justo al lado de los niños sucede algo sorprendente. Mister X se estremece de repente y estornuda. Y cuando levanta la cabeza y mueve la cara se le cae el bigote. Los niños abren los ojos asombrados.

—¡Es el mecánico de tía Pimpernella! —balbucea Suri—. Siempre he pensado que le conocía. Se ha teñido el pelo y se ha colocado las cejas y el bigote postizos. ¡Pero a pesar de todo es el mecánico de tía Pimpernella!

Un adiós que no duele

Nos ha seguido desde América hasta aquí porque debe haber descubierto que tía Pimpernella poseía cien mil dólares de oro —aclara Do Mayor a Sebastián y a Angela.

—Y sabía bien que en el cofre estaba el cheque —continúa Sipi—. Por eso empezó buscando un pretexto para llegar hasta la casa.

—Y al final se las ha agenciado también para robar el cofre —piensa Suri—. Y como no tenía la llave para abrirlo, entró aquí aquella noche de la tormenta.

Y cuentan la historia entera.

—Por lo tanto estaba interesado

por el dinero y no por vosotros, cuando se presentó aquí y os quería llevar —se da cuenta Sebastián—. Esperaba que vosotros tuvierais la llave.

—Esto es una auténtica novela policíaca —se asombra Angela.

La verdad es que habéis sido muy valientes —opina Sebastián—, pero hay una valentía que es tontería. Por ejemplo cuando los niños detienen a un delincuente sin que les ayuden los adultos.

Sipi, Suri y Do Mayor bajan la cabeza. Se dan cuenta de repente del gran peligro que han corrido. Otra vez vuelven a recordarlo todo. Sebastián está sentado en el sillón de pana de flores azules y Angela está haciendo un pastel de chocolate. De repente algo golpea la ventana. ¡El señor Krah quiere entrar!

—¡Querrá quedarse con nosotros! —se extraña Sebastián.

Abre la ventana y ¡zás! el gran cuervo se posa sobre la cabeza de Do Mayor, donde parece encontrarse realmente bien.

Los habitantes de Mañana Alegre están bastante desconcertados. ¿Por qué motivo han quitado los niños de Sebastián la nieve de delante de sus puertas? Pues es imposible que actúen sin tener malas intenciones.

Algo no encaja con el muñeco de nieve. ¡Probablemente explotará!

Esperan hora y horas, pero como aún no ha explotado se atreven por fin a salir con cautela.

—¡Qué raro! —opina la señora Biederbock—, debe haber ocurrido un milagro.

Y seguirá pensándolo durante mucho tiempo.

Pasan los días. Sebastián vuelve a trabajar como antes y a veces, cuando está sobre los tejados, habla con tía Pimpernella, que vive arriba, en el cielo, justo encima de las chimeneas. Lo que habla con ella no lo sabe nadie, naturalmente, pero cuando vuelve a casa por la noche, tiene siempre la cara alegre.

Angela guisa y hace pasteles y se ocupa de los niños. Sabe las canciones más bonitas, sabe construir un pueblo completo de papel; siempre inventa juegos nuevos, tan interesantes que a uno

le cortan la respiración. Sabe distinguir en la nieve las huellas de los animales. Además cuenta los cuentos más maravillosos.

—¿Cómo sabes tantas cosas? —pregunta Do Mayor una vez.

—Las sé por los libros —contesta Angela—. Cada libro es un pequeño mundo en sí, lleno de acontecimientos sorprendentes y de cosas.

Y mientras los niños piensan que ellos no saben leer, planta diminutos esquejes en los tiestos de tía Pimpernella. En primavera florecerán y entonces tendrán un aspecto muy bonito.

—¿Me tejes un calientapies? —pregunta Suri.

—No —ríe Angela—, eso sí que no lo hago. Además tú no eres todavía un abuelo. Cuando tengas los pies fríos, corre un poco.

Suri la mira callado con sus profundos ojos negros. Angela tiene razón. Eso es lo más asombroso de ella, ¡siempre tiene razón!

Aunque los niños ahora ya se dan cuenta de sus errores, todavía no se han vuelto niños modelo, y parece poco

probable que lo sean nunca. Ayer echó
Sipi un poco de sal en el café de Sebastián. Pero fue tan poquito que Sebastián
ni siquiera lo notó.

Una tarde están sentados, juntos,
en la habitación. El sol resplandece en
la nieve y todos los árboles están llenos
de pájaros como si estuvieran adornados.

—Ese Mister X —dice Sebastián
de repente—, anda a hurtadillas alrededor de la casa. No quiere abandonar
la caza de los cien mil dólares de oro.

Angela se ríe.

—Ya puede buscar lo que
quiera.

—Debíamos... —dice la pe-
queña Do Mayor y se le ocurre una idea
loca.

Realmente es una mala pasada,
pero a un ladrón puede dársele su merecido, sobre todo cuando con ello se
puede uno librar de él. Por eso Sebastián y Angela están de acuerdo.

Se sientan en torno a la mesa y
Angela escribe con letra desfigurada en
una hoja de papel.

«Cuando encuentres esta hoja

serás pronto un hombre rico. Yo, tu
tía Pimpernella he escondido en la selva
sudamericana una fortuna para tí. Si
sigues mis instrucciones, seguro que lo
encuentras. Cómprate un billete de
avión y vuela a América del Sur. En Sao
Paulo te bajas y vas en tren cien kiló-
metros en dirección sur. Llegarás a una
pequeña ciudad en la que tendrás que
realizar algunos preparativos. Primero
contrata un par de nativos como guías,
un camello de carga y un camello para
montar. La verdad es que en América
del Sur hay pocos camellos, pero seguro
que encuentras alguno. Además necesi-
tas un compás, tres azadones, un hacha
y una grúa pequeña para sacar el tesoro,
pues está enterrado a mucha profundi-
dad. Después compra una linterna potente, alimentos para tres semanas y un
saco de sal para amansar a los animales
salvajes.

Cabalga tres millas hacia el sur,
hasta que llegues a una roca alta, que
sube escarpada hacia el cielo y una noche de luna llena camina siguiendo su
sombra a las doce en punto, así llegas a
la selva virgen. Deja el pantano a la de-

recha y ábrete camino entre la broza hacia el suroeste. Después de cabalgar tres días habrás llegado al territorio de los árboles muertos. Cava debajo del que hace el número ochenta y cinco contando por la derecha y ¡seguro que te quedas asombrado!

Te saluda tu tía Pimpernella.»

Sebastián dibuja un plano lleno de círculos y meten ambas cosas en el cofre. Ponen el cofre encima de la mesa y dejan la llave puesta.

—Pero ahora —dice Angela— ¿cómo haremos para que se lleve el cofre?

—Eso es muy fácil —dice Suri—. Tan sólo tenemos que irnos todos de casa.

Esa noche cena Sebastián con todos en el albergue «El Caracol». También han invitado al anciano señor Zwirbel con su gato dorado.

Apenas les ha visto Mister X, que sigue viviendo en el albergue, sale escapado.

Más tarde, cuando Sebastián vuelve a casa con los niños, está la mesa vacía, como el sitio de debajo del árbol ochenta y cinco de la selva virgen de América del Sur.

El último capítulo

Esa misma noche se va Mister X y con él se va Kittekitt. Es un acontecimiento muy satisfactorio, pero los dos se han olvidado de pagar la cuenta en el albergue «El Caracol». Pero cuando la gente de Mañana Alegre se entera de toda la historia, se unen para ayudar a pagar la deuda. Hasta los niños de Sebastián aportan sus tres dólares cincuenta.

Y como el hotelero está muy contento de volver a dormir en su cama, pronto se le olvida el asunto.

Mañana se casa Sebastián y seguro que va a ser una gran fiesta. Angela ha hecho unos bonitos trajes para los niños y ahora está cortando el pelo a Sipi.

—Hoy nos ha saludado el profesor Schlick —cuenta Suri y considera que quizá no fuera tan grave ir al colegio.

—Cuando sepa leer un libro —dice la pequeña Do Mayor que parece que le ha adivinado el pensamiento— seré una niña interesante. Continuamente contaré cuentos. Por la mañaña, por la tarde y por la noche.

Se levanta del suelo y mira sus zapatos nuevos. Es verdad que no son de tacón alto, pero en cambio son más cómodos para andar.

Sebastián está sentado cómodamente en el sillón de pana de flores azules.

—Escuchad —dice— cómo golpea la nieve sobre el tejado. Parece como si tuviera diminutas pezuñas.

—Así es —confirma Sipi y se afana en hacerse un pincel con su pelo cortado—. ¡Qué bien se está en Mañana Alegre! Y pensar que Mister X estará ahora cavando con el sudor de su frente para buscar el tesoro...

Todos ríen. Sebastián nota cómo le invade la tranquilidad. ¿No tiene la mejor vida del mundo? Angela con sus ojos color tabaco está con él, tres niños, capaces de mejorar, le pertenecen, Mister X se ha marchado y con él se ha ido Kittekitt, que no era más que una elegante, el señor Krah está posado sobre su hombro mientras se limpia las plumas. Fuera hace un bonito invierno, como de cuento, y mañana vendrá todo el mundo a su boda.

—¡Sí, y cómo se alegraría si supiera que cada uno le va a traer una gran bolsa llena de bombones de nata!

—Soy tan feliz como un príncipe de cuento —dice en voz alta.

—¡Nosotros también! —grita la pequeña Do Mayor. Loca de alegría agita su guitarra por el aire, y como desgraciadamente tropieza con la lámpara hace «cling» y aparece en el suelo un montoncito de cristales.

Desde luego nunca llegarán a ser unos niños modelo, los niños más encantadores del mundo.

Índice

Este libro se terminó de imprimir en los talleres gráficos de Rógar, S. A. Navalcarnero (Madrid), en el mes de julio de 1998, habiéndose empleado, tanto en interiores como en cubierta, papeles 100% reciclados.